毕飞宇

江苏兴化人，现为南京大学教授。20世纪80年代中期开始小说创作，著有《毕飞宇文集》四卷（2003），《毕飞宇作品集》七卷（2009），《毕飞宇文集》九卷（2015），代表作有短篇小说《哺乳期的女人》《地球上的王家庄》，中篇小说《青衣》《玉米》，长篇小说《平原》《推拿》。《哺乳期的女人》获首届鲁迅文学奖，《玉米》获第三届鲁迅文学奖，《Three Sisters》（《玉米》《玉秀》《玉秧》）获英仕曼亚洲文学奖，《平原》获法国《世界报》文学奖，《推拿》获第八届茅盾文学奖。作品有几十个语种的译本在海外发行。

小说课

〔增订版〕

毕飞宇 著

读《促织》
读《红楼梦》
读《水浒传》
读《项链》
读《布莱克·沃滋沃斯》
读《故乡》
读《杀手》
读《受戒》
读《阿Q正传》
读 李商隐
……

人民文学出版社

图书在版编目（CIP）数据

小说课/毕飞宇著. —2版（增订版）. —北京：人民文学出版社，2020
（2025.9重印）
ISBN 978-7-02-015689-4

Ⅰ.①小… Ⅱ.①毕… Ⅲ.①小说—文学欣赏—世界 Ⅳ.①I106.4

中国版本图书馆CIP数据核字(2019)第195689号

责任编辑　徐子苘　薛子俊
装帧设计　刘　静
责任印制　王重艺

出版发行　人民文学出版社
社　　址　北京市朝内大街166号
邮政编码　100705

印　　刷　三河市中晟雅豪印务有限公司
经　　销　全国新华书店等

字　　数　142千字
开　　本　880毫米×1230毫米　1/32
印　　张　7.5　插页1
印　　数　135001—140000
版　　次　2017年2月北京第1版
　　　　　2020年9月北京第2版
印　　次　2025年9月第21次印刷

书　　号　978-7-02-015689-4
定　　价　49.00元

如有印装质量问题,请与本社图书销售中心调换。电话:010-59905336

目 录

看苍山绵延,听波涛汹涌
　　——读蒲松龄《促织》　　　　　　　　　　1

"走"与"走"
　　——小说内部的逻辑与反逻辑　　　　　27

两条项链
　　——小说内部的制衡和反制衡　　　　　51

奈保尔,冰与火
　　——我读《布莱克·沃滋沃斯》　　　　67

什么是故乡?
　　——读鲁迅先生的《故乡》　　　　　　86

沿着圆圈的内侧,从胜利走向胜利
　　——读鲁迅先生《阿Q正传》　　　　　109

刀光与剑影之间
　　——读海明威的短篇小说《杀手》　　　135

倾"庙"之恋

  ——读汪曾祺的《受戒》   160

李商隐的太阳,李商隐的雨

  ——诗歌里的字   187

附录:

我读《时间简史》   216

货真价实的古典主义

  ——读哈代《德伯家的苔丝》   228

增订版后记   236

看苍山绵延,听波涛汹涌

——读蒲松龄《促织》

一

我们今天要谈的是短篇小说《促织》。

宣德间,宫中尚促织之戏,岁征民间。此物故非西产;有华阴令欲媚上官,以一头进,试使斗而才,因责常供。令以责之里正。市中游侠儿,得佳者笼养之,昂其直,居为奇货。里胥猾黠,假此科敛丁口,每责一头,辄倾数家之产。

邑有成名者,操童子业,久不售。为人迂讷,遂为猾胥报充里正役,百计营谋不能脱。不终岁,薄产累尽。会征促织,成不敢敛户口,而又无所赔偿,忧闷欲死。妻曰:"死何裨益?不如自行搜觅,冀有万一之得。"成然之。早出暮归,提竹筒、铜丝笼,于败堵丛草处,探石发穴,靡计不施,迄无济。即捕得三两头,又劣弱不中于款。宰严限追比,旬余,杖至百,两股间脓血流离,并虫亦不能行捉矣。转侧床头,惟思自尽。

时村中来一驼背巫,能以神卜。成妻具资诣问。见红女白婆,填塞门户。入其舍,则密室垂帘,帘外设香几。问者爇香于鼎,再拜。巫从傍望空代祝,唇吻翕辟,不知何词。各各悚立以听。少间,帘内掷一纸出,即道人意中事,无毫发爽。成妻纳钱案上,焚拜如前人。食顷,帘动,片纸抛落。拾视之,非字而画:中绘殿阁,类兰若;后小山下,怪石乱卧,针针丛棘,青麻头伏焉;旁一蟆,若将跳舞。展玩不可晓。然睹促织,隐中胸怀。折藏之,归以示成。

成反复自念,得无教我猎虫所耶?细瞻景状,与村东大佛阁逼似。乃强起,扶杖执图诣寺后,有古陵蔚起。循陵而走,见蹲石鳞鳞,俨然类画。遂于蒿莱中侧听徐行,似寻针芥。而心目耳力俱穷,绝无踪响。冥搜未已,一癞头蟆猝然跃去。成益愕,急逐趁之,蟆入草间。蹑迹披求,见有虫伏棘根。遽扑之,入石穴中。掭以尖草,不出;以筒水灌之,始出,状极俊健。逐而得之。审视,巨身修尾,青项金翅。大喜,笼归,举家庆贺,虽连城拱璧不啻也。土于盆而养之,蟹白栗黄,备极护爱,留待限期,以塞官责。

成有子九岁,窥父不在,窃发盆。虫跃掷径出,迅不可捉。及扑入手,已股落腹裂,斯须就毙。儿惧,啼告母。母闻之,面色灰死,大惊曰:"业根,死期至矣!而翁归,自与汝覆算耳!"儿涕而出。

未几,成归,闻妻言,如被冰雪。怒索儿,儿渺然不知所往。既而得其尸于井,因而化怒为悲,抢呼欲绝。夫妻向隅,茅舍无烟,相对默然,不复聊赖。日将暮,取儿藁葬。近抚之,气息惙然。喜置榻上,半夜复苏。夫妻心稍慰,但儿神气痴木,奄奄思睡。成顾蟋蟀笼虚,则气断声吞,亦不复以儿为念,自昏达曙,目不交睫。东曦既驾,僵卧长愁。忽闻门外虫鸣,惊起觇视,虫宛然尚在。喜而捕之,一鸣辄跃去,行且速。覆之以掌,虚若无物;手裁举,则又超忽而跃。急趋之,折过墙隅,迷其所在。徘徊四顾,见虫伏壁上。审谛之,短小,黑赤色,顿非前物。成以其小,劣之。惟彷徨瞻顾,寻所逐者。壁上小虫忽跃落襟袖间,视之,形若土狗,梅花翅,方首,长胫,意似良。喜而收之。将献公堂,惴惴恐不当意,思试之斗以觇之。

村中少年好事者,驯养一虫,自名"蟹壳青",日与子弟角,无不胜。欲居之以为利,而高其直,亦无售者。径造庐访成,视成所蓄,掩口胡卢而笑。因出己虫,纳比笼中。成视之,庞然修伟,自增惭怍,不敢与较。少年固强之。顾念蓄劣物终无所用,不如拼博一笑,因合纳斗盆。小虫伏不动,蠢若木鸡。少年又大笑。试以猪鬣毛撩拨虫须,仍不动。少年又笑。屡撩之,虫暴怒,直奔,遂相腾击,振奋作声。俄见小虫跃起,张尾伸须,直龁敌领。少年大骇,急解令休止。虫翘然矜鸣,似报主知。成大喜。方共瞻玩,一鸡瞥来,径进以啄。成骇立愕呼,幸啄不中,虫跃去尺有咫。

3

鸡健进，逐逼之，虫已在爪下矣。成仓猝莫知所救，顿足失色。旋见鸡伸颈摆扑，临视，则虫集冠上，力叮不释。成益惊喜，掇置笼中。

翼日进宰，宰见其小，怒呵成。成述其异，宰不信。试与他虫斗，虫尽靡。又试之鸡，果如成言。乃赏成，献诸抚军。抚军大悦，以金笼进上，细疏其能。既入宫中，举天下所贡蝴蝶、螳螂、油利挞、青丝额一切异状遍试之，莫出其右者。每闻琴瑟之声，则应节而舞。益奇之。上大嘉悦，诏赐抚臣名马衣缎。抚军不忘所自，无何，宰以卓异闻。宰悦，免成役。又嘱学使俾入邑庠。后岁余，成子精神复旧，自言身化促织，轻捷善斗，今始苏耳。抚军亦厚赉成。不数年，田百顷，楼阁万椽，牛羊蹄躈各千计；一出门，裘马过世家焉。

异史氏曰："天子偶用一物，未必不过此已忘；而奉行者即为定例。加以官贪吏虐，民日贴妇卖儿，更无休止。故天子一跬步，皆关民命，不可忽也。独是成氏子以蠹贫，以促织富，裘马扬扬。当其为里正，受扑责时，岂意其至此哉！天将以酬长厚者，遂使抚臣、令尹，并受促织恩荫。闻之：一人飞升，仙及鸡犬。信夫！"

二

这篇伟大的小说只有1700个字，用我们现在通行的小说标准,《促织》都算不上一个短篇,微型小说而已。孩子们也许会说:"伟大个头啊,太短了好吗?8条微博的体量好吗。"

是,我同意,8条微博。可在我的眼里,《促织》是一部伟大的史诗,作者所呈现出来的艺术才华足以和写《离骚》的屈原、写"三吏"的杜甫、写《红楼梦》的曹雪芹相比肩。我愿意发誓,我这样说是冷静而克制的。

说起史诗,先说《红楼梦》也许是比较明智的做法,它的权威性不可置疑。《红楼梦》的恢宏、壮阔与深邃几乎抵达了小说的极致,就小说的容量而言,它真的没法再大了。它是从大荒山无稽崖开始写起的,它的小说逻辑是空——色——空。依照这样的逻辑,《红楼梦》描写"色",也就是"世相"的真正开篇应当从第六回开始算起,对,也就是《贾宝玉初试云雨情 刘姥姥一进荣国府》。相对于《红楼梦》的结构而言,刘姥姥这个人是关键,她老人家是一把钥匙,——要知道什么是"荣国府",没有刘姥姥是不行的。"护官符"上说了,"贾不假,白玉为堂金作马",这句话写足了贾府的尊贵与豪富。可是,对小说而言,"白玉为堂金作马"是句空话,它毫无用处。曹雪芹作为小说的责任就在于,他把"白玉为堂金作马"的解释权悄悄交给了"贱人"刘姥姥。

刘姥姥是谁?一个"只靠两亩薄田度日"的寡妇。一个人,却有"两亩薄田",这样的人无论如何也不能算作"贫农",起码不算最底层。好吧,一个"中农"要进荣国府了,她在荣国府的门前看见的是什么呢?是石狮子,还有"簇簇轿马",也就是好几辆兰博基尼和玛莎拉蒂。——这是何等的气派,在这样一种咄咄逼人的气派面前,刘姥姥能放肆么?不能。在被"挺胸叠肚"的几个门卫戏要了之后,她只好绕到后街的后门口。到了后门口,刘姥姥第一个要找的那个人是"周大娘",这并不容易。要知道在这里工作的"周大娘"总共有三个呢。找啊找,好不容易见到"周嫂子"了,刘姥姥这把钥匙总算是对准了荣国府大门上的锁孔。但刘姥姥要见的人当然不是"周嫂子",而是王熙凤。在这里,曹雪芹展现了一个杰出小说家的小说能力,他安排另一个人出场了,那就是平儿。见到平儿的刘姥姥能做的只有一件事,"咂嘴念佛",这是大事临头常见的紧张与亢奋。其实呢,平儿也就是一个"有些体面的丫头"。是刘姥姥的老于世故帮了她的忙,要不然,倒头便拜是断乎少不了的。

接下来,凤姐才出场。凤姐的出现却没有和刘姥姥构成直接的关联,曹雪芹是这么写的,"凤姐也不接茶,也不抬头,只管拨手炉内的灰"。这18个字是金子一般的,很有派头,很有个性。它描绘的是凤姐,却也是刘姥姥,也许还是凤姐和刘姥姥之间的关系。这里头有身份与身份之间的千山万水。它写足了王熙凤的富贵、刘姥姥的卑贱,当然,还隐含了荣国府的大。正因为如此,第六回是这样终结的:"刘姥姥感谢不尽,仍从后门去了。"——你看看,好作家是这么干活的,他的记忆力永远都是那么清晰,从来都不会遗忘这个"后门"。当然了,刘姥姥并没有见着贾母,那是不可能的。她"一进荣国府"就像走机关,仅仅见到了"也不接茶,也不抬头"的凤姐。其实呢,凤姐也不过就是荣国府的办公室主任,一个中层干部。想想吧,凤姐的背后还有王夫人,王夫人的背后还有贾母,贾母背后还有贾政,贾政的背后还有整个四大家族。通过刘姥姥,我们看到了一个何等深邃的小说幅度与小说纵深。——什么叫侯门深似海?——什么叫白玉为堂金作马?是刘姥姥的举动让这一切全部落到了实处。

我从不渴望红学家们能够同意我的说法,也就是把第六回看作《红楼梦》的开头,但我还是要说,在我的阅读史上,再也没有比这个第六回更好的小说开头了。刘姥姥"一进"荣国府,我们这些做读者的立即感受到了《红楼梦》史诗般的广阔,还有史诗般的恢宏。我们看到了冰山的一角,它让我们的内心即刻涌起了对冰山无尽的阅读遐想。如同贾宝玉"初试云雨情"一样,它让我们的内心同样涌起了对情色世界无尽的阅读渴望。这个开头妙就妙在这里,它使我们看到了并辔而行的双驾马车。

三

回到《促织》。我数了一下《促织》的开头,只有 85 个字,太短小了。可是我要说,这短短小小的 85 个字和《红楼梦》的史诗气派相比,它一点也不逊色。我只能说,小说的格局和小说的体量没有对等关系,只和作家的才华有关。《红楼梦》的结构相当复杂,但是,它的硬性结构是倒金字塔,从很小的"色"开始,越写越大、越写越结实、越来越虚无,最终抵达了"空"。

《促织》则相反，它很微小，它只是描写了一只普通的昆虫，但是，它却是从大处入手的，一起手就是一个大全景：大明帝国的皇宫：宣德间，宫中尚促织之戏。相对于1700字的小说而言，这个开头太大了，充满了蹈空的危险性。但是，因为下面跟着一句"岁征民间"，一下子就把小说从天上拽进了人间。其实，在"宣德间"宫中是不是真的"尚促织之戏"，正史上并无明确的记载。当然，现在我们都知道了，正史上之所以没有记载，一切都因为宣德的母亲。失望而又愤怒的母后有严令，不允许史官将"宫中之戏"写入正史。然而，母爱往往又是无力的，它改变不了历史。历史从来都有两本：一本在史官的笔下，一本类属于红口白牙。红口白牙有一个最基本的功能，那就是嚼舌头。

附带说一句，大明帝国的皇帝是很有意思的，我曾在一篇文章里给他们起了一个绰号，我把他们叫做"摇滚青年"。

现在我有一个问题，《促织》这85个字的开头有几个亮点？它们是什么？

在我看来，亮点有两个：一个是一句话：此物故非西产，第二个是一个词："有华阴令欲媚上官"里的"欲媚"。我们一个一个说。

"此物故非西产"，这句话特别好。这句话说得很明确了，既然这个地方没有促织，那么，小说里有关促织的悲剧就不该发生在这个地方。

问题来了，这里头牵扯一个悲剧美学的问题，悲剧为什么是悲剧，是因为无法回避。悲剧的美学基础就在这里，你规避不了。古希腊人为什么要把悲剧命名为"命运悲剧"？那是因为他们对人性、神性——其实依然是人性——过于乐观，古希腊人不像我们东方人，他们不愿意相信人性——或者神性——的恶才是所有悲剧的基础，那么，悲剧又是如何发生的呢？一定是看不见的命运在捉弄，命运嘛，你怎么可以逃脱。所以，他们为人间的或神间的悲剧找到了一个很好的借口——命运，也就是必然性。命运悲剧就是这么来的。这是古希腊人最为可爱的地方。这构成了他们的文化，在我看来，文化是什么呢？文化就是借口。不同的人找到了不同的借口，最终成为不同的人，最终形成了不同的文化。

那么好吧，既然"此物故非西产"，悲剧就不该在这里发生了。我要说，因为"宫中尚促织之戏"，又因为"岁征民间"，没有蛐蛐的地方偏偏就出现了关于蛐蛐的悲剧，这里头一下子就有了荒诞的色彩，魔幻现实的色彩。所以，"此物故非西产"这句话非常妙，是相当精彩的一笔。经常有人问我，好的小说语言是怎样的？现在我们看到了，好的小说语言有时候和语言的修辞无关，它就是大白话。好的小说语言就这样：有它，你不一定觉得它有多美妙，没有它，天立即就塌下来了。只有出色的作家才能写出这样的语言。

刚才我说了，就因为"此物故非西产"这句话，小说一下子具备了荒诞的色彩，具备了魔幻现实的色彩。但是，我要强调，我不会把《促织》看作荒诞主义作品，更不会把它看作魔幻现实主义作品。一句话，我不会把《促织》看作现代主义作品，为什么不会？我把这个问题留在最后，后面我再讲。

我们再来看"欲媚"。"欲媚"是什么？从根本上说，其实就是奴性。关于奴性，鲁迅先生几乎用了一生的经历在和它做抗争。奴性和奴役是不一样的。奴役的目的是为了让你接受奴性，而奴性则是你从一开始就主动地、自觉地、心平气和地接受了奴性，它成了你文化心理、行为、习惯的逻辑出发点。封建文化说到底就是皇帝的文化，皇帝的文化说到底就是奴性的文化，奴性的文化说到底就是"欲媚"的文化，所以，"宫中尚促织之戏"这个开头一点都不大，在"岁征民间"之后，它恰如其分。处在"欲媚"这个诡异的文化力量面前，《促织》中所有的悲剧——成名一家的命运——只能是按部就班的。你逃不出去。这也是命运。

鲁迅在他的个人思想史上一直在直面一个东西，那就是"国民性"。面对国民性，他哀，他怒，但"国民性"是什么？在我看来，蒲松龄提前为鲁迅做了注释，那就是"欲媚"。我渴望媚，你不让我媚我可不干，要和你急，这是由内而外的一种内心机制，很有原创性和自发性。它是恶中之恶，用波德莱尔略显浪漫的一个说法是，它是一朵散发着妖冶气息的"恶之花"。因为"欲媚"是递进的、恒定的、普遍的、难以规避的，所以，在《促织》里，悲剧成了成名人生得以进行的硬道理。

说到这里我也许要做一个阶段性的小结，那就是如何读小说：我们要解决两个问题，一个是关于"大"的问题，一个是关于"小"的问题，也就是我们如何能看到小说内部的大，同时能读到小说内部的小。只盯着大处,你的小说将失去生动,失去深入,失去最能体现小说魅力的那些部分;只盯着小,我们又会失去小说的涵盖,小说的格局,小说的辐射,最主要的是,小说的功能。好的读者一定会有两只眼睛,一只眼看大局,一只眼盯局部。

四

在我看来,小说想写什么其实是不着数的,对一个作家来说,关键是怎么写。作为一个伟大的小说家,蒲松龄在极其有限的1700个字里铸就了《红楼梦》一般的史诗品格。读《促织》,犹如看苍山绵延,犹如听波涛汹涌。这是一句套话,说的人多了。我们今天要解决的问题是,苍山是如何绵延的,波涛是如何汹涌的。

现在,我们终于可以进入到小说的内部了,小说的主人公,那个倒霉蛋,成名,他终于出场了。我说成名是个倒霉蛋可不是诅咒他,蒲松龄只用一个小小的自然段就把他的命运一下子摁到了谷底。成名是个什么人呢?蒲松龄只给了他四个字,"为人迂讷"。"为人迂讷"能说明什么呢?什么都说明不了。没听说"为人迂讷"就必须倒霉,性格从来就不是命运。问题出就出在《促织》开头的那个"里胥"身上,里胥是谁?蒲松龄说了,"里胥猾黠"。猾黠,一个很黑暗的词,——当"迂讷"遇见了"猾黠",性格就必须是命运。

可以说,小说的一开始是从一个低谷入手的。成名一出场就处在了命运的低谷。成名被里胥报了名,捉促织去了,在这里,"猾黠"就是一片乌云,它很轻易地罩住了"迂讷"。"猾黠"一旦运行,"迂讷"只能是浑身潮湿,被淋得透透的。什么事情还没有发生呢,蒲松龄就写到了成名的两次死,一次是"忧闷欲死",一次是"惟思自尽"。"忧闷欲死"是意向,"惟思自尽"是决心。这在程度上是很不一样的。小说才刚刚开始呢,成名就已经气若游丝了。

但是,天无绝人之路。小说向相反的方向运行了,希望来了。这是小说的第一次反弹。这个希望就是小说中出现的一个新人物,驼背巫。我现在就来说说蒲松龄是如何刻画驼背巫的,蒲松龄所用的方法是白描,"唇吻翕辟,不知何词"。唇:严格地说,上嘴唇;吻:严格地说,下嘴唇;翕辟:一张一合的样子。很神,既神秘,又神奇,也许还神圣。驼背巫是不可能说话的,即使说了,你也不可能听得懂,——否则他或者她就不是驼背巫。一个作家去交代驼背巫说了什么是无趣的、无理的,属于自作聪明;最好的办法是交代他或者她的动态:上嘴唇和下嘴唇一张一合。这一张一合有内容吗?没有,所以,读者"不知何词"。这不够,远远不够。它不只是神,还有威慑力,下面的这一句话尤为关键,"各各悚立以听"——所有的人都惊悚地站在那里听。这是一个静谧的大场景,安静极了,仅有的小动作是"唇吻翕辟",还是无声的。"各各悚立以听"是"唇吻翕辟"的放大。如果这一段描写到了"唇吻翕辟,不知何词"就终止,可不可以?

可以。可我会说,小说没有写透,没有写干净,相反,到了"各各悚立以听",这就透彻了,干净了。有一次答记者,记者问我是如何写小说的,我说,"要把小说写干净",结果第二天报纸上就有了,说毕飞宇提倡写"干净的小说",听上去很不错。其实他们夸错了。我不是那个意思。这个怨我,没说清楚。小说哪有干净的?反过来说,小说哪有不干净的?有人不喜欢现代主义绘画,说现代主义绘画画面不干净,色彩很脏。弗洛伊德说:"没有肮脏的色彩,只有肮脏的画家",道理就在这里。

同样,既然要写干净,面对希望,浅尝辄止又有什么乐趣呢?那么干脆,再往上扬一步。——成名在驼背巫的指导之下终于得到他心仪的促织了,既然是心仪的促织,有所交代总是必须的。这只促织好哇:"巨身修尾,青项金翅。"读者不是万能的,他也有知识上的死角,可是,无论我们这些无知的读者有没有见过真正的促织,蒲松龄的交代也足以吸引人了:是巨身,是修尾,脖子是青色的,翅膀是金色的。在这里,有没有促织的知识一点都不重要了,"巨身修尾,青项金翅"足以启动我们的想象:语言是想象力的出发点,语言也是想象力的目的地。人家蒲松龄都说到这个份上了,我们还不高兴那是我们的不对了。事实上,高兴的不只是读者,也有倒霉蛋成名,是啊,成名"大喜"。回家,赶紧的,惯孩子,搂老婆,发微博,唱卡拉 OK。到了这里,小说抵达了他的最高峰。在喜马拉雅山脉上,我们终于看到了珠穆朗玛峰的巍峨。

但是对不起了,悲剧有悲剧的原则,所有的欢乐都是为悲伤所修建的高速公路。在这条高速公路上,飙车的往往不是小说的主人公,而是主人公最亲的亲人。成名的儿子,他飙车了。他以每小时两百公里的速度撞上了集装箱的尾部。车子的配件散得一地。不幸中也有万幸,车毁了,人未亡。小说又被作者摁下去了,就此掉进了冰窟窿。

你以为掉进了冰窟窿就完事了?没有。冰窟窿有它的底部,这个底部是飙车儿子的死。为什么我要把儿子的死看作冰窟窿的底部?答案有两条。第一,这不是倒霉蛋成名的死,是他的儿子,这是很不一样的;第二,儿子的死不是出于另外的原因,而是被做父亲的所牵连,这就更不一样了。小说刚刚还在珠穆朗玛峰的,现在,一眨眼,掉进了马里亚纳海沟。

问题不在你掉进了马里亚纳海沟,问题是你掉进了的马里亚纳海沟是怎样的一副光景。在我看来,小说家的责任和义务就在这里。他要面对这个问题。这个地方你的处理不充分,你的笔力达不到,一切还是空话。

我们来看看蒲松龄是如何描绘马里亚纳海沟的。他可不可以一下子就交代成名的悲痛?不可以。因为这里头牵扯到一个人之常情,人物有人物的心理依据和心理逻辑。我常说,小说不是逻辑,但是小说讲逻辑。儿子调皮,一下子把促织搞死了,成名的第一反应是什么呢?不是悲伤,而是愤怒,把孩子打死的心都有。当他去找孩子的时候,蒲松龄说,"怒索儿"。从逻辑上说,这是不能少的。这不是形式逻辑,也不是数理逻辑,更不是辩证逻辑,它就是小说逻辑。等他真的从井里头把孩子的尸体捞上来之后,有一句话几乎像电脑里的程序一样是不能少的,那就是"化怒为悲"。这些都是程序,不需要太好的语感,不需要太好的才华,你必须这么写。

那么,蒲松龄的艺术才华到底体现在什么地方?是这8个字:"夫妻向隅,茅舍无烟。"这是标准的白描,没有杰出的小说才华你还真的写不出这8个字来。隅是什么?墙角。夫妻两个,一人对着一个墙角,麻袋一样发呆;房子是什么质地?茅舍,贫;无烟,炉膛里根本就没火,寒。贫寒夫妻百事哀。这8个字的内部是绝望的,冰冷的。死一般的寂静,寒气逼人。是等死的人生,一丁点烟火气都没有了,一丁点的人气都没有。这是让人欲哭无泪的景象。我想,这就是小说所呈现的马里亚纳海沟了。我读过很多有关凄凉和悲痛的描绘,我相信你们也读过不少,你说,还有比这8个字更有效的么?关键是,这8个字有效地启发了我们有关生活经验的具体想象,角落是怎样的,烟囱是怎样的,我们都知道。悲剧的气氛一下子就营造出来了,宛若眼前,栩栩如死。你可以说这是写人,也可以说是写景;你可以说是描写,也可以说是叙事。在这里,人与物、情与景是高度合一的,撕都撕不开。

对了,补充一下,好的小说语言还和读者的记忆有关,有些事读者的脑海里本来就有,但是,没能说出来,因为被你一语道破,你一下子就记住了。好的小说语言你不用有意记忆,只靠无意记忆就记住了。

经常听人讲,小说的节奏、小说的节奏,"节奏"这个东西谁不知道呢?都知道,问题就在于,该上扬的时候,你要有能力把它扬上去,同样,小说到了往下摁的时候,你要有能力摁到底,你得摁得住。没有"夫妻向隅,茅舍无烟",小说就没有摁到底,相反,有了"夫妻向隅,茅舍无烟",小说内在的气息一股脑儿就被摁到最低处,直抵马里亚纳海沟,冰冷,漆黑,令人窒息。从阅读效果来看,这8个字很让人痛苦,甚至包括生理性的痛苦。

说到这里,也许我又要补充一下,无论是写小说还是读小说,它绝不只是精神的事情,它牵扯到我们的生理感受,某种程度上说,生理感受也是审美的硬道理。这是艺术和哲学巨大的区别,更是一个基本的区别。我们都知道一个词,叫"Aesthetics",每个人都知道,我们汉语把它翻译成"美学"。鲍姆嘉通当初为什么要使用这个词呢?其实还是一个主体和客体的关系问题。作为主体,我们需要面对客体,第一个问题就是知,同样,作为主体,另一个问题是意志力,也就是意。这都是常识了。但是,在"知"和"意"的中间,有一个巨大而又深邃的中间地带,鲍姆嘉通给这个中间地带命名了,那就是"爱斯泰惕克"。它既是心理的,也是生理的。全人类所有门类的艺术家都在这个中间地带获得了挑战权,挑战的既是心理,也有生理。

五

小说既然已经抵达马里亚纳海沟了,那么,接下来当然是反弹。摁不下去了,你不反弹也得反弹。请注意,《促织》到了这里,这个反弹是很有讲究的。这个反弹的内部其实还有一个小小的跌宕,也就是说,还有一个小幅度的抑和扬。从故事的发展来看,孩子是不能死的,真的死了这出戏就唱不下去了,所以,孩子得活过来,——这是小小的扬,但随即就摁下去了,孩子傻了,——这是小小的抑。孩子为什么傻了呢,这个我们都知道的,孩子变成促织了。

好吧,孩子变成促织了。即使到了如此细微的地步,蒲松龄依然也没有放过,他还来了一次跌宕,这是成名心理层面上的:因为促织是孩子变的,所以很小,成名一开始就不满意,"劣之",后来呢,觉得还不错,又高兴了,终于要了它,"喜而收之"。这一段的最后一句话是很有意思的,"将献公堂,惴惴恐不当意,思试之斗以觇之"。就小说的章法而言,这句话有意思了,我先把章法这个问题放下来,因为我有更加重要的东西要讲。

我要讲的问题是小说的抒情。

孩子死了,变成了促织。我的问题是,如果我们第一次阅读这个作品,我们知不知道这只促织是孩子变的呢?不知道。孩子活过来了,有一句话是很要紧的,成名"亦不复以儿为念"。这句话有些无情。但这句话很重要,如果成名一门心思都在傻儿子的身上,故事又发展不下去了。苛政为什么猛于虎?猛就猛在这里,孩子都傻了,但你还要去捉促织。这句很无情的话其实就是所谓的现实性。好,成名捉促织去了,接下来蒲松龄写到了成名的两次心情,都是有关喜悦的。第一次,是听到了门外促织的叫声,成名"喜而捕之",第二次是促织跳到了成名的衣袖上,成名看了看这个小虫子,"视之,形若土狗,梅花翅,方首,长胫,意似良。喜而收之。"

我说过,"亦不复以儿为念",这句话是无情的。我们本来可以在这个地方讨论一下小说的社会意义,但是,我觉得那个意思不大。我只想请大家想一想,我为什么要在这个地方和大家谈论小说的抒情问题?小说在这里到底抒情了没有?我们往下看。

刚才说了,除了作者,没有人知道孩子变成了促织,但是,如果我们是一个好读者,我们也许会读到不一样的东西,我们会产生一些特殊的直觉。让我们来察看一下吧,看看蒲松龄是怎么写那只小促织的,他一口气写了小促织的5个动作,在1700个字的篇幅里,这一段简直就是无度的铺排——

第一个动作,小促织"一鸣辄跃去,行且速";第二个动作是它被捉住了之后,"超忽而跃。急趋之";第三个动作呢?"折过墙隅,迷其所在",看,捉迷藏了;第四个则干脆跳到了墙上,"伏壁上"。你看看,这只小促织是多么顽皮,多么可爱,这哪里还是在写促织,完全是写孩子,完全符合一个小男孩刁蛮活泼的习性。老到的读者读到这里会揪心,不会吧?这只小促织不会是孩子变的吧?

很不幸,是孩子变的。从第五个动作当中,读者一下子就看出来了。第五个动作很吓人,"壁上小虫忽跃落襟袖间",看着成名不喜欢自己,小促织主动地跳到成名的袖口上去了。这太吓人了,只有天才的小说家才能写得出。为什么,因为第五个动作是反常识的、反天理的。常识告诉我们，无论是小鸟还是小虫子，都是害怕人的，你去捉它，它只会逃避。但是，这只小促织特殊了，当它发现成名对自己没兴趣的时候，它急了。它做出了反常识的事情来了。

读到这里所有的读者都知道了，促织是孩子变的，唯一不知道这个秘密的，只有成名。因为他"不复以儿为念"。这就是戏剧性。关于戏剧性，我们都知道一个文艺学的常识，叫"发现"，古希腊的悲剧里就使用了这个方法了。在"发现"之前，作者要"藏"的，——要么作品中的当事人不知道，要不读者，或观众不知道。在《促织》里，使用的是当事人不知道。

我们还说抒情的事。请注意，关于促织，《促织》从头到尾都用了相同的词，"虫"。这里不一样了，是"小虫"，我再说一遍，是小虫哈，很有感情色彩的。即使克制如蒲松龄，他也有失去冷静的时刻。这是第一。

第二，再笨的读者也读出来了："小虫"是成名的儿子。在这里，阴阳两个世界的父子是以这样一种方式见面的。做父亲的虽然"不复以儿为念"，儿子却在一通顽皮之后，自己扑过来了。

孩子爱他的爸爸，孩子想给爸爸解决问题。既然自己给爸爸惹了麻烦，那么，就让自己来解决吧。为了爸爸，孩子不惜让自己变成了一只促织。

这一段太感人的，父子情深。在这篇冰冷的小说里，这是最为暖和的地方，实在令人动容。

我想提醒大家一下,小说的抒情和诗歌、散文的抒情很不一样。小说的抒情有它特殊的修辞,它反而是不抒情的,有时候甚至相反,控制感情。面对情感,小说不宜"抒发",只宜"传递"。小说家只是"懂得",然后让读者"懂得",这个"懂"是关键。张爱玲说,因为"懂得",所以慈悲。这样的慈悲会让你心软,甚至一不小心能让你心碎。

六

刚才我留下了一个问题,是针对"将献公堂,惴惴恐不当意,思试之斗以觇之"的。简单地说,这只小促织行不行,我能不能交上去呢?我成名必须先试一试,让它和别的促织斗斗看。这很符合成名这个人,他一定得这么干。

小说到了这里有一个大拐弯,最精彩的地方终于开始了,你想想看,这篇小说叫《促织》,你一个做作家的不写一下斗蛐蛐,你怎么说得过去?斗蛐蛐好玩,好看,连"宫中尚促织之戏",老百姓你能不喜欢么?好看的东西作品是不该放弃的。

问题是,你怎么才能做到不放弃。

我经常和人聊小说,有人说,写小说要天然,不要用太多的心思,否则就有人为的痕迹了。我从来都不相信这样的鬼话。我的看法正好相反,你写的时候用心了,小说是天然的,你写的时候浮皮潦草,小说反而会失去它的自然性。你想想看,短篇小说就这么一点容量,你不刻意去安排,用"法自然"的方式去写短篇，你又能写什么？写小说一定得有"匠心"，所谓"匠心独运"就是这个意思。

我想说，就因为"将献公堂，惴惴恐不当意，思试之斗以觇之"，下面的斗蛐蛐才自然，否则就是不自然。这句话是左腿，迈出去了，斗蛐蛐就是右腿，你不迈出去是不行的。这就是小说内部的"势"。"势"的本意是什么？看看这个字的组合就知道了，它的本意是我们男人的两只"丸"子，我们的古人把它叫做"势"。没了这两个"丸"子，你就坐怀不乱了，事情到此为止，我保证什么事都不会发生；有了这两个"丸"子，好，事情复杂了，一件连着一件，往下发展呗。但小说的内部是没有这两只"丸子"的，一切要靠作家去给予，这就叫"造势"。"思试之斗以觇之"就是造势。

我们还是来看文本。这一段写得极其精彩，可谓漫天彩霞，惊天动地。如果没有这一段，《促织》就不是《促织》，蒲松龄就不是蒲松龄了。

斗蛐蛐这一段我想用这个词来概括，叫"推波助澜"。第一是推波，第二是助澜。这个推波相当考究，蒲松龄这一次没有压，是扬，扬谁？扬别人，扬那个好事者的"蟹壳青"，一下子把它推到了战无不胜的地步。这等于还是抑了。请注意一下，"蟹壳青"这个名字很重要，人家是有名字的，是名家，成名的这只小促织呢？属于"刀下不斩无名之鬼"的无名之鬼。结果很简单，"无名之鬼"赢了，"推波"算是完成了。在我看来，这个推波完成得很好，不过，它可没什么可说的。为什么呢？小说写到这一步大部分作家都能完成,我真正要说的第二个,是助澜。这才是这篇小说的关键。

我想说,人的想象有它的局限,有时候,这个局限和想象本身无关,却和一个人的勇气有关。如果一个普通的作家去写《促织》,他会怎么写呢?他会写这只促织一连斗败了好几个促织,最后,天下第一,然后呢,当然是成名完成了任务,成名的一家就此变成了土豪。如果这样写,我想说,这篇小说的批判性、社会意义一点都没有减少,小说真的完成了。

现在的问题在这里:乔丹摆脱了所有的防守队员,一个人来到篮下,他是投还是扣?——投进去是两分,扣进去还是两分,从功利目的性上说,两分和两分没有任何区别。但是,乔丹是这么说的:"投篮和扣篮都是两分,但是,在我们眼里,扣进去是六分"。

"我们"是谁?是天之骄子,是行业里的翘楚,"我们"和普通的从业人员是不一样的。在"我们"的眼里,扣进去是六分。这是不讲道理的,但是,这才是天才的逻辑。

小说写到这里了,两分就在眼前,是投,还是扣?这是一个问题。这个球如果不是扣进去的,《促织》这篇小说就等于没有完成。在天才小说家的面前,小促织打败了"蟹壳青",一切依然都只是推波,不是助澜。什么是澜?那只鸡才是。小说到了这里可以说峰回路转、荡气回肠了。我敢这么说,在蒲松龄决定写《促织》的时候,那只鸡已经在他的脑海里了,没有这只鸡,他不会写的。从促织到鸡,小说的逻辑和脉络发生了质的变化,因为鸡的出现,故事抵达了传奇的高度,拥有了传奇的色彩。在这里,是天才的勇气战胜了天才的想象力。

我的问题是,为什么是鸡?

蒲松龄的选择有许多种,鸡、鸭、鹅、猪、牛、羊,也许还有老虎,狮子,狼。

如果我们一味地选择传奇性,让促织战胜了狮子,我会说,传奇性获得了最大化。但是,蒲松龄不会这样去处理,他渴望传奇,但是,依然要保证他的批判性,那就不可以离开日常。传奇到了离奇的地步,小说就失真,可信度将会受到极大的伤害。所以,蒲松龄的选择一定是日常的,换句话说,他一定会在家禽或家畜当中做选择。那蒲松龄为什么没有选择家畜?生活常识告诉我们,家畜和小昆虫没什么关系。那好,最后的选择就只有家禽了。我想问问大家,在家禽里头,谁对昆虫的伤害最大?谁最具有攻击性和战斗性?答案是唯一的,鸡。

我说了这么多,真正想说的无非是这一条,在小说里头,即使你选择了传奇,它和日常的常识也有一个平衡的问题。这里头依然存在一个真实性的问题。不顾常识,一味地追求传奇,小说的味道会大受影响。你不要投篮,要扣,要六分,很好。但是,你如果不是用你的手,而是用你的脚去扣篮,观众也许会欢呼,但是,对不起,裁判不答应,两分不会给你。小说也是有裁判的,这个裁判就是美学的标准。说到底,小说就是小说,不是马戏和杂耍。

我们都很熟悉《堂吉诃德》,公认的说法是,小说最为精彩的一笔是堂吉诃德和风车搏斗,如果堂吉诃德挑战的不是风车,而是马车,火车,汽车,我要说,《堂吉诃德》就是一部三流的好莱坞的警匪片。同样,如果堂吉诃德挑战的是怪兽,水妖或山神,我也要说,它依然是一部三流的好莱坞的惊悚片。是蒲松龄发明了文学的公鸡,是塞万提斯发明了文学的风车。

文学需要想象,想象需要勇气。想象和勇气自有它的遥远,但无论遥远有多遥远,遥远也有遥远的边界。无边的是作家所面对的问题和源源不断的实践。

七

我记得我前面留下过一个大问题,我说,《促织》是荒诞的,是变形的,是魔幻的,成名的儿子变成了"小虫",它的意义和卡夫卡里的人物变成了甲壳虫是不是一样的呢?这是一个非常重要的问题。

我之所以把这个问题留到了最后,真是有感而发。因为我经常看到这样的评论,说,我们的古典主义文学作品当中经常出现西方现代主义文学的某些特征,比方说,象征主义文学的特征,意识流的特征,荒诞派的特征,魔幻现实主义的特征。有些评论者说,我们的古典主义文学已经提前抵达了西方现代主义文学。能不能这样说?我的回答是不能。我为什么要在这个地方说这个,是因为那些说法是相当有害的。

任何一种文学都有与之匹配的文化背景,也有它与之相对的文化诉求,《促织》的诉求是显性的,他在提醒君主,你的一喜一怒、一动一用,都会涉及天下。天下可以因为你而幸福,也可能因为你而倒霉,无论《促织》抵达怎样的文学高度,它只是"劝谏"文化的一个部分,当然,是积极的部分。但有一点我们必须清楚,即便是到了蒲松龄的时代,我们的历史依然是轮回的历史,蒲松龄所做的工作依然是"借古讽今",拿明朝的人,说大清的事。

西方的历史是很不一样的,它是求知的历史,也是解决问题的历史,它还是有关"人"的自我认知的精神成长史。它有它的阶梯性和逻辑性,西方的现代主义文学是在现代主义文化思潮当中产生的,它有两个必然的前提:一个是启蒙运动,一个是工业革命。在求知,或者说求真的这个大的背景底下,启蒙运动是向内的,工业革命是向外的。上帝死了,人真的自由了吗？他们的回答更加悲观。他们看到了一个巨大的窘境,人在寻求自我的路上遇到了比魔鬼更加可怕的东西,那就是异化。在费尔巴哈看来,人在上帝的面前是异化的,好,"上帝死了",马克思换了一个说法,真正让人异化的不是上帝,是大机器生产这种"生产方式",蒸汽机或以蒸汽机为代表的工业革命给我们带来什么了？是无产,是赤贫、疾病和丑,是把自己"生产"成了机器。人的"变形"是可怕的,每个人在一觉醒来之后都有可能发现自己变成了甲壳虫。这种异化感并不来自先知的布道,是个人——作为一个普通人的,普通的,普遍的——自我认知。它首先是绝望的,但是,在我看来,也是一种非常高级的自我认知。

同样是变成了昆虫,成名的儿子变成小促织则完全不同,这里头不存在生命的自我认知问题,不涉及生命的意义,不涉及生命的思考,不涉及存在,不涉及思想或精神上的困境。在本质上,这个问题类属于生计问题,或者说,是有关生计的手段或修辞的问题。

　　在面对"文学"和"历史"的时候,我们中国人喜欢这样的姿态:文史不分家,有时候,我们真的是文史不分家的。上面我们涉及的可笑的说法,是标准的"文史不分家"的说法。但是我要说,文史必须分家,说到底,文学是文学,历史是历史。文学一旦变成历史固然不好,历史一旦变成文学那就很糟糕了。如果我们把文学的部分属性看作历史的系统性和普遍性,真的会贻害无穷。

　　关于《促织》,我就说这么多,因为能力的局限,谬误之处请同学们批评指正。

2014年12月17日于南京大学

"走"与"走"

——小说内部的逻辑与反逻辑

我没有能力谈大的问题,今天只想和老师、同学们交流一点小事,那就是走路。大家都会走路,可以说,走路是日常生活里最常见的一个动态。那我们就来看一看,这个最常见的动态在小说的内部是如何被描述的,它是如何被用来塑造人物并呈现小说逻辑的。为了把事情说清楚,我今天特地选择了我们最为熟悉的作品,一个是《水浒》的局部,一个是《红楼梦》的局部,我们就联系这两部作品来谈。

我们先来谈林冲。用金圣叹的说法,"林冲自然是上上人物,写得只是太狠。看他算得到,熬得住,把得牢,做得彻,都使人怕"。金圣叹也评价过"上上人物"李逵,说"李逵一片天真烂漫到底"。"一片天真烂漫到底",这句话道出了李逵的先天气质,他是不会被外部的世界所左右的,他要做他自己。在小说的内部,李逵一路纵横,他大步流星,酣畅淋漓。为什么会这样?因为李逵"天真烂漫",他是天生的英雄、天然的豪杰、天才的土匪。林冲却不是,林冲属于日常,他的业务突出,他的心却是普通人的,这颗普通的心只想靠自己的业务在体制里头混得体面一些,再加上一个美满的家庭,齐了。

林冲和李逵是两个极端,李逵体现的是自然性,林冲体现的则是社会性。和李逵相反,林冲一直没能也不敢做他自己,他始终处在两难之中。因为纠结,他的心中积压了太多的负能量,所以,林冲是黑色的、畸形的、变态的,金圣叹说他"都使人怕",是真的。我个人一点都不喜欢林冲。但是,作为一个职业作家,我要说,林冲这个人物写得实在是好。李逵和林冲这两个人物的写作难度是极高的,在《水浒》当中,最难写的其实就是这两个人。——写李逵考验的是一个作家的单纯、天真、旷放和力必多,它考验的是放;写林冲考验的则是一个作家的积累、社会认知、内心的深度和复杂性,它考验的是收。施耐庵能在一部小说当中同时完成这两个人物,我敢说,哪怕施耐庵算不上伟大,最起码也是一流。

林冲在本质上是一个怕事的人,作为一个出色的技术干部,他后来的一切都是被社会环境所逼的,也就是我们常说的那个"逼上梁山"。我所关心的问题是,从一个技术干部变成一个土匪骨干,他一路是怎么"走"的?施耐庵又是如何去描写他的这个"走"的?我想告诉你们的是,施耐庵在林冲的身上体现出了一位一流小说家强大的逻辑能力。这个逻辑能力就是生活的必然性。如果说,在林冲的落草之路上有一样东西是偶然的,那么,我们马上就可以宣布,林冲这个人被写坏了。

林冲的噩运从他太太一出场实际上就已经降临了,这个噩运就是社会性,就是权贵,就是利益集团——高太尉、高衙内、富安、陆虞候。应当说,在经历了误入白虎堂、刺配沧州道等一系列的欺压之后,林冲的人生已彻底崩溃,这个在座的每个人都知道。我要指出的是,即使林冲的人生崩溃了,这个怕事的男人依然没有落草的打算。他唯一的愿望是什么?是做一个好囚犯,积极改造,重新回到主流社会。可林冲怎么就"走"上梁山了呢?两样东西出现了,一个是风,一个是雪。

我们先来说雪。从逻辑上说,雪的作用有两个:第一,正因为有雪,林冲才会烤火,林冲才会生火,林冲在离开房间之前才会仔细地处理火。施耐庵在这个地方的描写是细致入微的,这样细致的描写给我们证明了两件事:A,林冲早就接受了他的噩运,他是一个好犯人,一直在积极地、配合地改造他自己;B,这同时也证明了另一件事情,草料场的大火和林冲一点关系都没有,有人想陷害林冲,严格地说,不是陷害他,是一定要他死。第二,正因为有雪,雪把房子压塌了,林冲才无处藏身,林冲才能离开草料场。某种意义上说,雪在刁难林冲,雪也在挽救林冲,没有雪,林冲的故事将戛然而止。这是不可想象的。

我们再来谈风。风的作用要更大一些。第一,如果没有风,草料场的大火也许就有救,只要大火被扑灭了,林冲也许就还有生路。但是,这不是关键,关键的是第二,如果没有风,林冲在山神庙里关门的动作就不一样了。对林冲来说,如何关门才是重中之重。我们先来看小说里头是如何描写林冲关门的:

> 入得庙门,(林冲)再把门掩上,旁边有一块大石头,掇

将过来,靠了门。

林冲其实已经将门掩上了,但是,不行,风太大了,关不严实。怎么办?正好旁边有一块大石头,林冲的力气又大,几乎都不用思索,林冲就把那块大石头搬过来了,靠在了门后。不要小看了这一"靠",这一靠,小说精彩了,一块大石头突然将小说引向了高潮。为什么?因为陆虞候、富安是不可以和林冲见面的,如果见了,陆虞候他们就不会说那样的话,林冲就不可能了解到真相。换句话说,小说顿时就会失去它的张力,更会失去它的爆发力。是什么阻挡他们见面的呢?毫无疑问,是门。门为什么打不开呢?门后有一块大石头。门后面为什么要有一块大石头呢?因为有风。你看看,其实是风把陆虞候与林冲隔离开来了。

现在,这块大石头不再是石头,它是麦克风,它向林冲现场直播了陆虞候和富安的惊天阴谋。这块大石头不只是将庙外的世界和庙内的世界阻挡开来了,同时,这块大石头也将庙外的世界和庙内的世界联系起来了。它让林冲真正了解了自己的处境,他其实是死无葬身之地的。我们来看一看这里头的逻辑关系:林冲杀人——为什么杀人?林冲知道了真相,暴怒——为什么暴怒?陆虞候、富安肆无忌惮地实话实说——为什么实话实说?陆虞候、富安没能与林冲见面——为什么不能见面?门打不开——为什么打不开?门后有块大石头——为什么需要大石头?风太大。这里的逻辑无限地缜密,密不透风。

有没有人举手要问问题?没有。那我就自己问自己一个问题,你刚才不是说,林冲的噩运是社会性的么?林冲在他的落草之路上没有一件是偶然的么？那好，问题来了，雪和风并没有社会性，它们是纯天然、纯自然的，自然性难道不是偶然的么？

这个问题虽然是我自己提出来的，我还是要说，这是一个好问题。我想说，在这里，雪和风都不是自然的，更不是偶然的。

即将证明这个观点的不是我，是小说里的一个人物，他叫李小二，也就是在东京偷了东西被林冲搭救的那个小京漂。因为开酒馆，小京漂在他的小酒馆里看见了两个鬼鬼祟祟的"尴尬人"，因为"尴尬"，李小二在第一时间把这个消息报告了林冲，林冲一听就知道那个三十来岁的男人就是陆虞候，为此，林冲还特地到街上去买了一把尖刀，街前街后找了三五日。

问题出在第六日，施耐庵明确地告诉我们，是第六日。第六日，林冲的工作突然被调动了，他被上级部门由牢城营内调到了草料场。林冲刚刚抵达草料场，作者施耐庵几乎是急不可耐地交代了一件大事，那就是气象，作者写道：

　　正是严冬天气，彤云密布，朔风渐起，却早纷纷扬扬下了一天大雪来。

在小说里头，我们把这样的文字叫做环境描写。现在我反过来要问你们一个问题了，作者在这个地方为什么要来一段环境描写？对，通过这样的环境描写，联系到上下文，我们知道了一件事，在过去的六天里头，被李小二发现的那两个"尴尬人"其实一直都藏在暗处，他们在做一件大事，那就是等待。等什么？等风和雪。他们不傻，大风不来，他们是不会放火的，没有大风,草料场就不会被烧光,他们就不能将林冲置于死地。你说说,两个心怀鬼胎、周密策划、等了六天才等来的大风雪是自然的么?是偶然的么?当然不是。风来了,雪来了,林冲的工作被调动了,一切都是按计划走的,一切都是必然。

别林斯基说:"偶然性在悲剧中是没有一席之地的。"这句话说到点子上了。

草料场被烧了,林冲知道真相了,林冲也把陆虞候和富安都杀了。事到如此,除了自我了断,林冲其实只剩下上梁山这一条道可以走了。如果是我来写,我会在林冲酣畅淋漓地杀了陆虞候、富安、差拨之后,立马描写林冲的行走动态,立马安排林冲去寻找革命队伍。这样写是很好的,这样写小说会更紧凑,小说的气韵也会更加生动。但是,施耐庵没这么写,他是这么写的——

>(林冲)将尖刀插了,将三个人的头发结做一处,提入庙里来,都摆在山神面前供桌上,再穿了白布衫,系了胳膊,把毡笠子带上,将葫芦里冷酒都吃尽了。被与葫芦都丢了不要,提了枪,便出庙门东头去。

这一段写得好极了,动感十足,豪气冲天,却又不失冷静,是林冲特有的、令人窒息的冷静。这段文字好就好在对林冲步行动态的具体交代:提了枪,便出庙门东去。我想说,这句话很容易被我们的眼睛滑落过去,一个不会读小说的人是体会不到这句话的妙处的。

林冲为什么要向东走?道理很简单,草料场在城东。如果向西走,等于进城,等于自投罗网。这句话反过来告诉我们一件事,林冲这个人太"可怕"了,简直就是变态,太变态了。虽然处在激情之中,一连杀了三个人,林冲却不是激情杀人。他的内心一点都没有乱,按部就班的:先用仇人的脑袋做了祭品,再换衣服,再把酒葫芦扔了,在他扔掉酒葫芦之前,他甚至还没有遗忘那点残余的冷酒。"可怕"吧?一个如此变态、如此冷静的人会怎么"走"呢?当然是向东"走",必然是向东"走"。小说到了这样的地步,即使是施耐庵也改变不了林冲向东走的行为。小说写到作者都无法改变的地步,作者会很舒服的。

在这里,林冲这个人物形象就是靠"向东"这个词支撑起来的。所谓"算得到、熬得住、把得牢、做得彻",这四点在这个"向东"字上全都有所体现。我们常说文学是有分类的:一种叫纯文学,一种叫通俗文学。这里的差异固然可以通过题材去区分,但是,最大的区分还是小说的语言。《水浒》是一部打打杀杀的小说,但是,它不是通俗小说和类型小说,它是真正的文学。只有文学的语言才能带来文学的小说。那种一门心思只顾了编制小说情节的小说,都不能抵达文学的高度。没有语言上的修养、训练和天分,哪怕你把"纯文学作家"这五个字刻在你的脑门上,那也是白搭。

小说语言第一需要的是准确。美学的常识告诉我们,准确是美的,它可以唤起审美。关于审美,我们都听说过这样的一句话:"萝卜青菜,各有所爱。"这句话是对的,也是错的。如果说这句话的是一个卖萝卜青菜的大妈,这句话简直就是真理,但是,一个在北京大学读书的大学生也这么说,这句话就是错的。我们不能知其然,我们要知道所以然。

审美的心理机制不是凭空产生的,无论是黑格尔还是康德,包括马克思,他们的美学思想里头有两个基本概念我们千万不该忽略,那就是合目的、合规律。说白了,审美的心理机制来自于我们现实生存,它首先是符合生命目的的。比方说,力量、生存离不开生命的力量,所以,力量从一开始就是我们的审美对象。举一个例子吧,在农业文明产生之前,前面有一头野猪,它离我们有五十米那么远,可你的力量只能把标枪扔出去三十米,那你就不可能打到野猪,你只能饿肚子,所以,力量构成了美。

如果你的力量可以保证你扔出去六十米,可你手上没准头,你还是打不到野猪。这一来我们需要的其实不只是力量,而是有效的、可以控制的、可以抵达对象的力量。这个"可以抵达对象"就叫准确,它不只是关乎生理,也关乎心理与意志。准确是如何获得的呢?你就必须把握力量的规律。这就叫合规律。想想吧,我们一边吃着野猪肉,一边对力量、对准确就有了十分愉悦的认知,这个愉悦就是最初的审美。的确,准确是一种特殊的美,它能震撼我们的心灵。神秘的狙击手可以成为我们的英雄,道理就在这里。我想提醒大家注意,英雄不只是道德意义上的概念,也是美学上的一个概念。

大家都还记得宋丹丹女士在小品里头说过的一句话吧,"别人唱歌是要钱,大哥唱歌是要命。"大哥的歌声为什么会"要命"?我想大家都懂了。是的,艺术一旦失去了它的准确性,它就会走向反面,也就是错位。错位可以带来滑稽,那是另一个美学上的话题了。

回到小说吧。向东走,这个动作清楚地告诉我们,即使到了如此这般的地步,林冲依然没有打算上山。"向东"清楚地告诉我们,这是一个疑似的方向,林冲其实没有方向,他只是选择了流亡,他能做的只是规避追捕。到了这里我们这些读者彻底知道了,林冲这个人哪,他和造反一点关系都没有,他的身上没有半点革命性。这才叫"逼上梁山"。

我们说,现实主义作品往往都离不开它的批判性,如果我们在这个地方来审视一下所谓的"批判性"的话,施耐庵在林冲这个人物的身上几乎完成了"批判性"的最大化,——天底下还有比林冲更不想造反的人么?没有了,就是林冲这样的一个怂人,大宋王朝也容不下他,他只能造反,只能"走"到梁山上去,大宋王朝都坏到什么地步了。这句话也可以这样说,林冲越怂,社会越坏。林冲的怂就是批判性。

说到这里我想做一个小结,我们都喜欢文学作品的思想性,我想说的是,思想性这个东西时常靠不住。思想性的传递需要作家的思想,其实更需要作家的艺术才能。没有艺术才能,一切都是空话。在美学上,说空话有一个专业的名词,叫"席勒化",把思想性落实到艺术性上,也有一个专业名词,叫"莎士比亚化",这个在座的都知道。联系到林冲这个人物来说,如果施耐庵只是拍案而起、满腔热忱地"安排"林冲"走"上梁山,我们说,这就叫"席勒化","席勒化"有一个标志,那就是这样的作家都可以去组织部。相反,由白虎堂、野猪林、牢城营、草料场、雪、风、石头、逃亡的失败,再到柴进指路,林冲一步一步地、按照小说的内部逻辑、自己"走"到梁山上去了。这才叫"莎士比亚化"。在"莎士比亚化"的进程当中,作家有时候都说不上话。

但写作就是这样,作家的能力越小,他的权力就越大,反过来,他的能力越强,他的权力就越小。

梨园行当里头有一句话,叫"男怕《夜奔》,女怕《思凡》",这句话说尽了林冲这个人物形象的复杂性,林冲在一步一步地往前走,却一步步走向了自己的反面,他"走"出去的每一步都是他自己不想"走"的,然而,又不得不走。在行动与内心之间,永远存在着一种对抗的、对立的力量。如此巨大的内心张力,没有一个男演员不害怕。

施耐庵的小说很实,他依仗的是逻辑。但是,我们一定要知道,小说比逻辑要广阔得多,小说可以是逻辑的,可以是不逻辑的,甚至于,可以是反逻辑的。曹雪芹就是这样,在许多地方,《红楼梦》就非常反逻辑。因为反逻辑,曹雪芹的描写往往很虚。有时候,你从具体的描写对象上反而看不到作者想表达的真实内容,你要从"飞白"——也就是没有写到的地方去看。所谓"真事隐去、假语存焉"就是这个道理。好,我们还是来谈"走"路,看看曹雪芹老先生在描写"走"的时候是如何反逻辑的。

如果有人问我,在《红楼梦》里头,哪一组小说人物的关系写得最好,我会毫不犹豫地把我的大拇指献给王熙凤和秦可卿这对组合,她们是出彩中国人。

作为一个读者,我想说,就小说的文本而言,王熙凤和贾蓉的妻子秦可卿关系非同一般,如果联系到王熙凤和贾蓉之间的暧昧,王熙凤和秦可卿之间就更非同一般了。请注意我的措辞,我并没有说她们的关系非常好,我只是说,她们的关系"非同一般"。怎么个"非同一般"?我们往下说。

在小说当中,王熙凤和秦可卿第一次"面对面"是在第七回里头。这一段写得很棒。看似很平静,一点事情都没有,其实很火爆。在场的总共有五个人:王熙凤、贾宝玉、贾蓉、尤氏、秦可卿。这五个人之间的关系复杂了:王熙凤和贾蓉之间是黑洞,贾蓉和秦可卿是夫妻,秦可卿是贾宝玉的性启蒙老师,尤氏是贾蓉的母亲,尤氏是秦可卿的婆婆,尤氏还是王熙凤的嫂子。这么多的关系是很不好写的。一见面,曹雪芹写道:"那尤氏一见了凤姐,必先笑嘲一阵",这句话很怪异,有些空穴来风。尤氏见到凤姐为什么总是要"笑嘲一阵"呢?曹雪芹也没有交代,这是一个问题,我们先放在这里。而王熙凤的做派更怪异,她在嫂子面前摆足了架子,高高在上了,盛气凌人了,她对尤氏和秦可卿说:"你们请我来做什么?有什么好东西孝敬我,就快供上来,我还有事呢。"当然了,这是王熙凤一贯的做派,她在亲人之间这样说话也是可以理解的。问题是,秦可卿要带宝玉去见秦钟,尤氏不知趣了,她借着秦钟挖苦了一番王熙凤,说王熙凤是"破落户",要被人笑话的。王熙凤的回答显然出格了,超出了玩笑的范畴,她当场反唇相讥:"普天下的人,我不笑话也就罢了。"这句话重了,最让人不能理解的事情发生了,贾蓉刚说了几句阻拦的话,王熙凤对贾蓉说:"凭他(秦钟)什么样儿,我也要见一见!别放你娘的屁了。再不带我看看,给你一顿好嘴巴。"

"别放你娘的屁了","给你一顿好嘴巴",这番话的腔调完全是一个流氓,很无赖,几乎就是骂街。这番话是小题大做的,让我们这些做读者的很摸不着头脑,反过来,我们这些做读者的自然要形成这样几个问题:第一,王熙凤对贾蓉是肆无忌惮的,她为什么如此肆无忌惮?她的怒火究竟是从哪里来的?第二,王熙凤是不是真的愤怒?她对贾蓉到底是严厉的呵斥,还是男女之间特殊的亲昵?这个很不好判断。第三,这才是最关键的,王熙凤当着秦可卿的面对秦可卿的丈夫这样,以王熙凤的情商,她为什么一点也不顾及一个妻子的具体感受?简单地说,我们反而可以把王熙凤和贾蓉的关系放在一边,首先面对王熙凤和秦可卿的关系,这两个女人之间到底怎么样?

曹雪芹厉害。曹雪芹其实已经明白无误地告诉我们了,王熙凤和秦可卿是闺蜜,她们很亲密。我这样说有证据么?有。同样是在第七回,也就是王熙凤和秦可卿第一次见面前,我们可以看到一个很容易被我们忽略的细节,——周瑞家的给王熙凤送宫花去了。王熙凤正和贾琏"午睡"呢,周瑞家的只能把宫花交给平儿,请注意,平儿拿了四朵,却拿出了两朵,让彩明送到"那边府里",干什么呢?"给小蓉大奶奶戴去。"这个细节向我们证明了一件事,在平儿的眼里,王熙凤和秦可卿是亲密的,也许在整个贾府的眼里,她们都是亲密的。一切都是明摆着的。

然而,当我们读到第十一回的时候,我们很快又会发现,这个"明摆着"的关系远不如我们预料的那样简单。这一回也就是《庆寿辰宁府排家宴 见熙凤贾瑞起淫心》。这一回主要写了王熙凤对病人秦可卿的探望。我想告诉大家的是,如果我们对《红楼梦》有了一个结构性的了解,这个第十一回其实是可以从小说当中脱离开来的,我们可以把第十一回当成一个精彩的短篇小说来读。生活是多么复杂,人性是多么深邃,这一回里头全有。这一回写得好极了。

我刚才说了,《水浒》依仗的是逻辑,曹雪芹依仗的却是反逻辑。生活逻辑明明是这样的,曹雪芹偏偏不按照生活逻辑去出牌。因为失去了逻辑,曹雪芹在《红楼梦》里给我们留下了一大片一大片的"飞白"。这些"飞白"构成了一种惊悚的、浩瀚的美,也给我们构成了极大的阅读障碍。

回到《红楼梦》的第十一回。第十一回是从贾敬的寿辰写起的,也就是一个很大的派对。在小说里头,描写派对永远重要。在我看来,描写派对最好的作家也许要算托尔斯泰,他是写派对的圣手。在《战争与和平》里头,在《安娜·卡列尼娜》里头,如果我们把那些派对都删除了,我们很快就会发现,小说的魅力会受到削减的。作为一个写作者,我想说,派对其实很不好写,场面越大的派对越不好写,这里的头绪多、关系多,很容易流于散漫,很容易支离破碎。但是,如果你写好了,小说内部的空间一下子就被拓展了,并使小说趋于饱满。

我想说的是,曹雪芹的这个派对写得极其精彩,完全可以和托尔斯泰相媲美。

贾敬做寿,这是宁国府的头等大事,如此重要的一个派对,一个都不能少。孙媳妇秦可卿却没有出席。这是反逻辑的。

秦可卿原来是病了,所以她没来。当王熙凤知道秦可卿生病之后,说:"我说他不是十分支持不住,今日这样的日子,再也不肯不扎挣着上来。"很难说为什么,这句话在我的眼里有些不对劲。对劲不对劲我们先不管,作为秦可卿的闺蜜,以王熙凤的情商,她为什么不问一问秦可卿的病情呢?这是反逻辑的。

贾蓉出现了,王熙凤也想起来了,她该向贾蓉询问一下秦可卿的病情了,贾蓉的回答很不乐观。如果是依照逻辑的话,曹雪芹这个时候去交代王熙凤的反应才对。然而,曹雪芹没有交代,相反,却写了王熙凤和太太们的说笑。在王熙凤说了一通笑话之后,曹雪芹写道:"一句话说的满屋子的人都笑了起来。"这是反逻辑的。

接下来是王熙凤对秦可卿的探望,一同前往的有贾宝玉、贾蓉。因为是进了自己的家门,贾蓉当然要让下人给客人倒茶,贾蓉说:"快倒茶来,婶子(王熙凤)和二叔在上房还未喝茶呢。"这句话非常有意思,你想想,爷爷的生日派对上那么多的人,场面如此庞杂、如此混乱,贾蓉却能准确地说出"婶子""在上房还未喝茶"。我想问问大家,贾蓉的注意力都放在哪里了?请注意,此时此刻,他的太太还在病床上奄奄一息呢。贾蓉的注意力一刻也没有离开过"婶子",要不然他说不出这样的话来。这不是一句普通的客套话,它很黑,绝对是从黑洞里冒出来的。这是反逻辑的。

两个女人的私房话也许没什么可说的,然而,在两个女人对话的过程中,王熙凤做了一件事,把贾宝玉打发走了,附带着把贾蓉也打发走了。一个女人去看望另一个生病的女人,却把人家的丈夫打发走,这是符合逻辑还是反逻辑的?作为一个读者,老实说,我不能确定。既然不确定,那我就先把这个问题放下来,这是我放下的第二个问题,第一个问题是尤氏一见到凤姐就要"笑嘲一阵",我们把这些问题都放在后面说。

探望结束了,因为悲伤,王熙凤眼睛红红的,她离开病人秦可卿。生活常识和生活逻辑告诉我们,一个人去探望一个临死的病人,尤其是闺蜜,在她离开病房之后,她的心情一定无比地沉痛。好吧,说到这里,小说该怎么写,我想我们都知道了,曹雪芹也许要这样描写王熙凤了:她一手扶着墙,一手掏出手绢,好好地哭了一会儿,心里头也许还会说:"我可怜的可卿!"——是的,当着病人的面不好痛哭,你得控制住自己,现在好了,都离开病人了,那你也就别忍着了。然而,对不起了,我们都不是曹雪芹。王熙凤刚刚离开秦可卿的病床,曹雪芹突然抽风了,这个小说家一下子发起了癔症,几乎就是神经病。他诗兴大发,浓墨重彩,用极其奢华的语言将园子里美好的景致描绘了一通。突然,笔锋一转,他写道:

凤姐儿正自看院中的景致,一步步行来赞赏。

上帝啊,这句话实在是太吓人了,它完全不符合一个人正常的心理秩序。我想告诉你们的是,这句话我不知道读过多少遍了,在我四十岁之后,有一天夜里,我半躺在床上再一次读到这句话,我被这句话吓得坐了起来。我必须在此承认,我被那个叫王熙凤的女人吓住了。这个世界上最起码有两个王熙凤,一个是面对着秦可卿的王熙凤,一个是背对着秦可卿的王熙凤。和林冲一样,王熙凤这个女人"使人怕"。把我吓着了的,正是那个背对着秦可卿的王熙凤。"一步步行来赞赏",这句话可以让读者的后背发凉,寒飕飕的。它太反逻辑了。

没完,就在王熙凤"一步步行来赞赏"的时候,另一个人恰恰在这个时候出现了,是的,他就是下流坯子贾瑞。写一个色鬼和美女调情,老实说,百分之九十的作家都会写。但是,我依然要说,把一个色鬼和女人的调情放在这个地方来写,放在这个时候来写,除了曹雪芹,没有几个人可以做到,不敢哪。刚刚探视了一个临死的病人,回过头来就调情,这是反逻辑的。

在决定收拾那个下流的色鬼之后,曹雪芹再一次描绘起王熙凤的走路来了——

  于是凤姐儿方移步前来。

你看看,多么轻松,多么潇洒,多么从容。接下来是看戏,上楼,到了这里,曹雪芹第三次写到了王熙凤的步行动态。

  凤姐儿听了,款步提衣上了楼。

这个动态作妖娆,可以说美不胜收了。

我们来看哈,第一次,王熙凤离开秦可卿,她是这么"走"的,"一步步行来赞赏,"从字面上看,她的心情不错,怡然自得,心里头并没有别人,包括秦可卿。第二次,王熙凤离开贾瑞,她是这么"走"的,"方移步前来",她的心情依然不错,心里头也没有别人,包括贾瑞。第三次,"款步提衣上了楼",这一次,凤姐的心里头有人么?字面上我看不出来,但是,我们往下看。

上了楼,看完戏,曹雪芹写了王熙凤在楼上的一个动作,那就是她在楼上往楼下看,同时还说了一句话,"爷们都往哪里去了?"这句话突兀了,很不着边际。王熙凤嘴里的"爷们"是谁?曹雪芹没有写,我们不可能知道。但是,我记得我刚才留下过一个问题,是第二个问题,那就是王熙凤在和秦可卿聊天的时候为什么要把贾蓉支走?——王熙凤嘴里的"爷们"是不是贾蓉呢?曹雪芹没有明说。当一个婆子告诉王熙凤"爷们吃酒去了"之后,王熙凤的一句话就更突兀、更不着边际了。她说:"在这里不便宜,背地里又不知干什么去了?"这句话很哀怨,作为读者,我能够感受到王熙凤的失望。但她为什么失望,老实说,我们依然是不清晰的。但是,贾蓉的母亲、秦可卿的婆婆,尤氏,这个时候却突然冒出了一句话,她对王熙凤说:"哪里都像你这么正经的人呢。"曹雪芹厉害吧,不早不晚,他偏偏在这个时候安排尤氏出场了,还说了这么一句不着四六的话。这句话特别有意思,它太意味深长了。你们还记得吧,我留下过一个问题,是第一个问题,那就是——尤氏每一次见到凤姐都要"笑嘲一阵",这句话在这里派上了用场,尤氏哪里是夸凤姐"正经"?几乎就是指着鼻子说王熙凤"不正经"。为什么是尤氏来说这句话呢？道理很简单，和王熙凤暧昧的贾蓉，他不是别人，正是尤氏的儿子。尤氏见到王熙凤哪里能有好脸？"尤氏知情"这个判断可靠不可靠？我们把它作为第三个问题，还是先放下来。

无论是"一步步行来赞赏""方移步前来"，还是"款步提衣上楼"，我们看到的是这样几点：第一，王熙凤这个女人是贵族，姿态优雅，心很深。她养尊处优，自我感觉良好。第二，王熙凤这个女人有两个不同的侧面，在公众面前，也就是"当面"，她的心中"装满了所有的人"，她对每一个人都是无微不至的；到了私底下，也就是"背面"，她的心中空无一人，无论是闺蜜还是和她调情的下流鬼，她都没有放在心上。她唯一放在心上的，其实只是欲望，她惦记的是"便宜"，是"背地里"，是"不知道干什么去"。这让这个贵妇人的内心稍稍有那么一点点的着急，所以，她要"款步提衣上楼"。虽然有那么一点点的着急，可是，一点也不失身份。正如尤氏所说的那样，凤姐是个"正经的人"，她走路的样子在那里，高贵，优雅，从容，淡定。

话说到这里我突然就不自信了，我很担心同学们站起来质疑我：什么反逻辑？是你想多了，是你解读过度了，是你分析过度了。但是，曹雪芹终究是伟大的，是他的伟大帮助我恢复了自信。曹雪芹用他第十三回帮我证明了一件事，我的解读与分析一点也没有过度。

在第十三回之前，曹雪芹用整整第十二回的篇幅描写了王熙凤的一次谋杀。接下来，第十三回来了，《红楼梦》终于写到了秦可卿的死,当然,还有秦可卿的葬礼。

秦可卿死了,最为痛苦的人是谁呢?第一就是贾蓉,他是秦可卿的丈夫,他的伤心不可避免;第二必须是王熙凤,她是秦可卿的闺蜜,她的伤心也不可避免。那么,我们往下看吧,看看曹雪芹是怎么去描写痛不欲生的贾蓉和痛不欲生的王熙凤的。

可是,问题来了,摊上大事儿了,曹雪芹不仅没有交代贾蓉和王熙凤的情绪反应,甚至都没有去描写这两个人。这两个人在小说里突然失踪了。这是反逻辑的。

做出强烈情绪反应的是这样的两个人:第一,秦可卿的叔叔,贾宝玉,他"哇的一声,直喷出一口血来"。第二,秦可卿的公公,贾珍,他哭得"泪人一般",都失态了,一边哭还一边拍手,也就是呼天抢地,完全不顾了自己的身份和体面。贾宝玉天生就怜惜女性,秦可卿还是他的"启蒙老师",他的情绪是可以理解的,贾珍为什么这样痛苦,我不知道。我可以肯定的只有一点,这是反逻辑的。

也许我们不该忘记另一个人,秦可卿的婆婆,尤氏。我们刚才把她作为第三个问题放下来了,现在,我们来看看尤氏都做了些什么。无论是祭奠还是葬礼,尤氏都没有出席,为什么呢?她胃疼了。祭奠的时候,尤氏的胃疼了一次;到了秦可卿的葬礼,尤氏的胃又疼了一次。我们且不论尤氏的胃病到底有多严重,我想说的是,哪里来得那么巧?秦可卿死了,你胃疼了,秦可卿出殡了,你的胃又疼了。天底下没有这么巧合的事情。这是反逻辑,在这个地方,我们马上可以得出一个判断,尤氏在回避。

尤氏知道的事情太多了,的确,贾蓉与秦可卿这对夫妇,他们是太黑的一个黑洞了。可是,她为什么要回避儿媳妇的祭奠与葬礼呢?这与她丈夫——贾珍——的态度反差也太大了。这是反逻辑的。

王熙凤到了什么时候才出现?在宁国府需要办公室主任的时候。到了这个时候,王熙凤终于在第十三回里出现了,她顺利地当上了宁国府的办公室主任。王熙凤过去是荣国府的办公室主任,秦可卿呢,是宁国府的办公室主任。现在,两边的办公室主任她都当上了。到了这里我们可以清晰地知道了一件事,王熙凤的欲望是综合的、庞杂的,这里头自然也包含了权力的欲望。王熙凤的步行动态和她办公室主任的身份是高度吻合的。是的,王主任的心里头没人,只有她的事业与工作。我想这样借用金圣叹的语气说一句:"王熙凤自然是上上人物,只是写得太狠,看她算得到,熬得住,把得牢,做得彻,都使人害怕。"

我们在阅读《红楼梦》的时候其实要做两件事:第一,看看曹雪芹都写了什么;第二,看看曹雪芹都没写什么。

曹雪芹为什么就那么不通人情、不通世故呢?他为什么总是不按照生活的逻辑去发展小说呢?不是,是曹雪芹太通人情、太通世故了,所以,他能反逻辑;他不只是自己通,他还相信读者,他相信我们这些读者也是通的,所以,他敢反逻辑。因为反逻辑,曹雪芹在不停地给我们读者挖坑,不停地给我们读者制造"飞白"。然而,请注意我下面的这句话,——如果我们有足够的想象力,如果我们有足够的记忆力,如果我们有足够的阅读才华,我们就可以将曹雪芹所制造的那些"飞白"串联起来的,这一串联,了不得了,我们很快就会发现,《红楼梦》这本书比我们所读到的还要厚、还要长、还要深、还要大。可以这样说,有另外的一部《红楼梦》就藏在《红楼梦》这本书里头。另一本《红楼梦》正是用"不写之写"的方式去完成的。另一本《红楼梦》是由"飞白"构成的,是由"不写"构成的,是将"真事"隐去的。它反逻辑。《红楼梦》是真正的大史诗,是人类小说史上的巅峰。

《红楼梦》是无法续写的,不要遗憾。你也许可以续写《红楼梦》写实的那个部分,但是,你无论如何也无法续写《红楼梦》"飞白"的那个部分。即使是曹雪芹自己也未必能做得到。《红楼梦》注定了是残缺的,——那又怎么样?

现在的问题是,"飞白",或者说,反逻辑,再或者说,"不写之写"真的就有那么神奇么?我说是的,这里头其实有一个美学上的距离问题。

1912年,英国教授瑞士人布洛发表了一篇重要的论文《作为艺术因素和审美原则的"心理距离"说》,在这篇论文当中,布洛第一次提出了审美的"距离"问题。我们也不要把这个理论上的说辞僵硬地往我们的问题上套,但是,距离的问题始终是艺术内部的一个大问题,这个是无法回避的。我想强调的只有一点,在"距离"这个问题上,由于东西方文化上的差异,我们在认识上有比较大的差异,西方人更习惯于"物"——"物"的距离,也就是"实"——"实"的距离,我们东方人更倾向于"物"——"意",也就是"实"——"虚"的距离。就像中国画,在我们的画面上,经常就"不画"了,不要小看了那些"飞白",它们太讲究了,它们是距离,那可是"上下五千年、纵横八千里"的。我们的"距离"就在这一黑一白之间。

我的问题是,这怎么就成了我们的审美方式的呢,它怎么就变成我们的趣味的呢?简单地说,我们是怎么好上这一口的呢?其实,这不是凭空而来的。如果一定要挖掘一下它的由来,那我们就必须要提到《诗经》所建立起来的、伟大的审美传统。钟嵘在他的《诗品》里对《诗经》做过简略的、相对理性的分析,他说:"故诗有三义焉:一曰兴,二曰比,三曰赋。"这个大家都知道,"兴"是什么呢?钟嵘自己回答说:"文已尽而意有馀。"这句话我们太熟悉了,不动脑子都能明白。但是,我们仔细想过没有,这句话里头其实有一个次序上的问题,有一个距离上的问题,——就一般的审美感受而言,"文"就是"意","意"就是"文",可是,"兴"所强调的恰恰不是这样,而是文"尽"了之后所产生的意,这就很不一样了。这才是我们东方的。"意"在"文"的后头,它构成了一种浩大的动势,一种浩大的惯性。我们东方诗歌所谓的"韵味"就在这里,这一点,我们在阅读古诗的时候都能够体会得到。

当然,把"兴"这个问题说得更加明白的还是 500 年之后的朱熹。我们都知道,朱老夫子给"兴"所下过一个定义,这个定义很直白,那就是"先言他物以引起所咏之辞"。朱熹把次序问题,或者说距离问题说得简单多了,你必须"先"言他物,你才可以"引起"所咏之辞。——你想说"这个",是吧?对不起,那你要先说"那个"。说过来说过去,"那个"越说越"实";而"这个"呢,反而越说越虚,虚到可以"不着一字"的地步,你反而可以"飞白",你反而可以"不写"。的确,我们中国人就是喜欢这个"意在言'外'"。

我敢说,如果没有《诗经》,尤其是,没有魏晋南北朝的艺术批评和理论探索,我们的唐诗就不会是这样,我们的宋词就不会是这样,我们的《红楼梦》就更不会是这样,可以说,是中国诗人曹雪芹写成了中国小说《红楼梦》。如果曹雪芹没有博大的中国诗歌修养和中国诗歌能力,《红楼梦》不会是今天这个样子。是的,《水浒》这本书你让一个英国人来写,可以的,让一个法国人来写,也可以的,但是,《红楼梦》的作者只能是一个中国人,一个中国的诗人。如果没有《诗经》和唐诗为我们这个民族预备好审美的集体无意识,曹雪芹绝对不敢写王熙凤"一步步行来赞赏",打死他他也不敢这样写,那样写太诡异了。

最后我还要强调一点,是关于文本的。我不是"红学家",有关"红学"我几近无知,我只是知道一点,因为复杂的历史原因,《红楼梦》经历过特殊的增删,尤其是删。我们今天所能读到的这个《红楼梦》文本,是被处理过的。即便如此,我依然要强调,作为一个一天到晚"增删"小说的人,我想说,删其实也是有原则的,——既有历史现实的原则,也有小说美学的原则。它不可能是胡来,更不可能是乱删。某种程度上说,"删"比"写"更能体现美学的原则。如果这个世界上真的存在这么一个人,他删过《红楼梦》,我只能说,他能把《红楼梦》删成这样,他也是伟大的小说家。

由于能力的局限,我只是提出了一些个人的看法,谬误之处请老师同学们指正。

2015 年 4 月 24 日于北京大学

两 条 项 链

——小说内部的制衡和反制衡

一个女人,因为她的虚荣,向朋友借了一条钻石项链参加舞会去了,在项链的照耀下,她在舞会上出尽了风头。不幸的是,项链丢失了。虚荣的女人为了赔偿这条项链付出了十年的艰辛。然而,十年后,她终于从项链的主人那里知道,所谓的钻石项链是假的。

——这就是《项链》。这个故事在中国家喻户晓。家喻户晓的原因并不复杂,它多次出现在我们的中学语文课本里头。家喻户晓的原因还有一个,《项链》的写作思路非常吻合中国的小说传统,——因果报应。中国人的传统思维其实有弱者的模式,自己无能为力,那就寄希望于"报应"。基于此,有一种激动人心的场面时常出现在我们的电影与电视上,一位倒霉的老汉听说自己的仇家遭雷劈了,他老泪纵横,不能自已,他对着苍天捶胸顿足:"——报应啊!"他那是欢庆胜利。好了,都报应了,天下就此太平。

《项链》的"报应"当然有它的主旨,它剑指虚荣,或者说剑指女人的虚荣。如果我们"深刻"一点,我们还可以这样说,它剑指人心腐朽与道德沦丧。如果我们的"深刻"再带上一些历史感,我们也有理由这样说,是资本主义尤其是垄断资本主义的罪恶导致了人心的腐朽与道德的沦丧。莫泊桑所批判的正是这个。莫泊桑告诉我们,拜金与虚荣绝无好报。他的批判是文学的,也是数学的,也许还是物理的。像 $E=MC^2$ 一样,《项链》这篇小说其实也可以简化成一个等式:

(女人)一晚的虚荣=(女人)十年的辛劳

这到底是不是真的?这不重要。乌龟到底能不能跑得过兔子?这不重要,重要的是,莫泊桑相信,拜金与虚荣本身就带着寓言式的、宿命般的霉运。

是 8 岁还是 9 岁?做语文教师的父亲第一次给我讲述了《项链》。他没有涉及拜金与虚荣,也没有批判垄断资本主义。他讲的是"凤头、猪肚、豹尾"。父亲说,"那一串项链是假的"就是"豹尾"。

是高一还是高二?我们的语文老师终于在语文课上给我们讲解了《项链》。我的语文老师是我父亲的老朋友,他重点讲了两条:第一,资产阶级的虚荣必定会受到命运的惩罚;第二,在小说的结尾,为什么马蒂尔德会在弗莱思洁面前露出了"自负而又幸福的笑容"呢?这说明劳动是光荣的,劳动可以让人幸福。

我之所以能清晰地记得这两条,是因为老师的话太离谱了,它自相矛盾。——怎么可以用光荣的、给人以幸福的东西去做惩罚呢？这就如同我在打架之后你惩罚了我两根光荣的油条，我再打，你再加两个光荣的鸡蛋。但是我没有举手，也没有站起来，我的老师是我父亲的好朋友，我不想为难他。这件事不了了之。

我至今都不能确定我的大学老师有没有在课堂上分析过《项链》，我一点都记不起来了。就课程的设置而言，老师们讲述法朗士、雨果、巴尔扎克、司汤达、福楼拜、左拉、莫泊桑差不多应该是同一个时段。关于这一个时段，我记忆里头有关作家和作品的部分是模糊的，清晰的只是一大堆的形容词：虚伪、贪婪、吝啬、腐朽、肮脏、愚蠢、残忍、丑恶、卑劣、奸诈、行将灭亡。这些形容词不只是修饰，更多的是界定，被修饰与被界定的中心词只有一个，西方资本主义，或者说，西方垄断资本主义。一句话，西方的文明是一块臭肉。

我想说的是，在我读大学的那四年（1983—1987）里，人们对金钱、资本与西方依然保持着丰沛的却已经动摇的仇恨，我们的主流意识形态依然在批判金钱、资本和西方。在我们的记忆里，所谓的"批判现实主义"，说白了就是批判金钱主义、资本主义、欧洲主义和美国主义。是的，如果你不去读小说，仅仅依靠课堂，你会误以为所有的"批判现实主义"作家都是同一个写作班培训出来的，个个都一样。

老实说，分析《项链》是容易的，《项链》很清晰，还简洁。如果我们把莫泊桑和左拉放在一起加以考察,分析《项链》也许就更容易。作为一个和"自然主义"有着千丝万缕的作家,莫泊桑一点也不"自然主义"。他另类。他独辟蹊径。他没有多余的动作。如果说,左拉钟情的是鲁智深笨重的禅杖,莫泊桑所擅长的其实是轻盈的飞镖,"飕"地就是一下。莫泊桑不喜欢对视,他是斜着眼睛看人的;他也斜着目光,却例无虚发。他只让你躺下,可他从不虐尸,碎尸万段的事情他从来不干。正因为另类,他的前辈法朗士,他的精神领袖左拉,他的文学导师福楼拜,都给了他极高的评价。他配得上那些评价。

《项链》是一篇很好的短篇小说,结构完整,节奏灵动,主旨明朗。直接,讽刺,机敏,洗练而又有力。你可以把它当作短篇小说的范例。如果让我来说,我能说的也许就是这么多。事实上,关于《项链》这个短篇,我真的已经说完了。

我真正想说的是另一件事,一个真实的小故事。就在前几天,一位朋友看了我在《钟山》上的专栏,特地给我打来了一个电话。他问了我这样一个问题:你把别人的小说分析得那么仔细,虽然听上去蛮有道理,但是,你怎么知道作者是怎么想的?你确定作者这样写就一定是这样想的么?

我不确定。作者是怎么想的和我又有什么关系呢?我不关心作者,我只是阅读文本。

为了证明我的观点,我补充说,——我也是写小说的,每年都有许多论文在研究我的作品,如果那些论文只是证明"毕飞宇这么写是因为毕飞宇确实就是这么想的",那么,文学研究这件事就该移交到刑警大队,警察可以通过审讯作者来替代文学批评。常识是,没有一个警察会这么干;没有一个作家会在文学审讯的记录上签字。

小说是公器。阅读小说和研究小说从来就不是为了印证作者,相反,好作品的价值在激励想象,在激励认知。仅仅从这个意义上说,杰出的文本是大于作家的。读者的阅读超越了作家,是读者的福,更是作者的福。只有少数的读者和更加少数的作者可以享受这样的福。

所以,关于《项链》,我依然有话要说。我所说的这些莫泊桑也许想过,也许从来就没有想过。

一切都来源于昨天(2015 年 7 月 11 号)。就在昨天下午,我在电脑上做了一件无聊的事情,其实也是一件很有意义的事情。——我把《项链》重写了一遍。当然,所谓的重写是不存在的,我只是在电脑上做了一个游戏,我把马蒂尔德的名字换成了张小芳,把马蒂尔德丈夫路瓦赛的名字换成了王宝强,把富婆弗莱思洁的名字换成了秦小玉。几分钟之后,汉语版的而不是翻译版的《项链》出现了。故事是这样的——

2005 年,在北京,教育部秘书王宝强的太太张小芳因为虚荣,她向富婆秦小玉借了一条钻石项链参加部长家的派对去了。派对结束后,项链丢失了。为了赔偿,王宝强和他的太太四处打工。10 年后,也就是 2014 年,这对夫妇终于还清了债务,他们在国庆长假的九寨沟遇上了富婆秦小玉。秦小玉没能把苍老不堪的张小芳认出来,然而,张小芳十分自豪地把真相告诉了秦小玉。秦小玉大吃一惊,反过来告诉了张小芳另一个真相:"那串项链是假的。"

虽然是自娱自乐,但我的游戏依然有它的理性依据:几十年的经济发展之后,今天的中国和1884年——也就是莫泊桑发表《项链》的那一年——的法国有了很大的类似性。既然社会背景是相似的,北京的故事和巴黎的故事当然就可以置换。

但是,我沮丧地发现,仅仅替换了几个中文的人名,汉语版的《项链》面目全非。它漏洞百出、幼稚、勉强、荒唐,诸多细节都无所依据。任何一个读者都可以轻而易举地发现它的破绽——

第一,作为教育部公务员王宝强的太太,张小芳要参加部长家的派对,即使家里头没有钻石项链,张小芳也不可能去借。王宝强和他的太太都做不出那样的事情来。

第二,相反,哪怕王宝强的家里有钻石项链,他的太太张小芳平日里就戴着这条钻石项链,可她绝不会戴着这条项链到部长的家里去。在出发之前,她会取下来。她不想取下王宝强也会建议她取下。

第三,一个已婚的中国女人再幼稚、再虚荣、再不懂事,在丈夫的顶头上司家里,她不会抢部长太太的风头,她一定会"低调"。当然了,部长夫人的风头她想抢也抢不走,无论她的脖子上挂着什么。——除非张小芳把长城买下来,再挂到她的脖子上去。

以上的三点是最为基本的中国经验,或者说,机关常识。

第四,中国人对假货并不陌生,国人对假货在道德上是谴责的,在消费上却又是认可的。谁还没买过假货呢?张小芳,一个虚荣的、骚包的女人,她对假货当然在行。让她去借奢侈品,这不是张小芳大脑短路,是写作的人脑子短路。

第五,退一步说,这对夫妇真的借了,项链真的被这对夫妇弄丢了,可他们真的会买一串钻石项链去还给别人么?有没有其他的可能性?其他的可能性究竟有多大?"还项链"作为小说最为重要的一个支撑点,王宝强夫妇的这个行为能不能支撑整部小说?

第六,就算他们买了一条钻石项链去还给人家,一条钻石项链真的需要教育部的秘书辛苦十年么?对了,还要搭上他的太太。

第七,好吧,辛苦了十年。可张小芳为什么要去洗十年的脏衣服呢?她那么漂亮、年轻。这年头哪一个年轻、漂亮的女人会洗十年的脏衣服?张小芳挣钱的方式有许多,唯一不可信的方式就是做苦力。

第八,作为仅有的知情者,秦小玉白白地赚了一条钻石项链,她真的会在第一时间把事情的真相告诉张小芳么?这种可能性有没有?有。也可能没有。

第九,这年头,一个年轻漂亮的女人有些物质,有些虚荣,只不过借了一条项链想在派对上出点小风头,这怎么了?怎么就伤天害理了?你一个作家利用手上的那点写作权力,恶意升华、草菅生活、肆意糟践,刻意安排人家过了十年的不幸的日子,你这不是仇富,而是变态。你的写作心理是不健康的。一位女士的小虚荣怎么了?那么多的官员在那里搞形象工程,动辄损失几个亿、几十个亿,这样的虚荣你不管不顾,你无聊吧?你吃了药再写好不好?你的情感方式不适合做一个作家。

第十,就因为女人的那点小虚荣,这个社会就虚伪了?贪婪了?吝啬了?腐朽了?肮脏了?愚蠢了?残忍了?丑恶了?卑劣了?奸诈了?在中国,女人的虚荣什么时候有过这么大的能耐?造成中国严重社会问题的因素有许多,恰恰不是女人的虚荣。拿女人的虚荣来说这么大的事,只能证明你的浅薄与无知。你的理性能力远远达不到写作的要求。

我只是随随便便地列举了十个理由,如果你愿意,你也许还可以找到另外的十个理由。我只是纳闷,我更好奇。——这么好的一篇小说,什么都没动,仅仅替换了几个汉语的姓名,怎么就这样狗血了的呢?但我可以负责任地说,这不是魔术,也不是娱乐与游戏,相反,它的内部隐藏着真正的文学。我的能力不足,学养不足,我恳请文学研究领域的专业人士好好地面对一下这个独特的文本,虽然这个文本是狗血的、漏洞百出的。

也正是纳闷,也正是好奇,我把《项链》里头所有的姓名都换回去了。再看看,这一次我又能看出什么呢?

我说过,《项链》是清晰的,——大家都知道莫泊桑想说什么。但是,诡异的是,或许是被汉语版的《项链》吓着了,当我回过头来再一次阅读《项链》的时候,我的心里似乎有了阴影,我似乎不那么相信莫泊桑了。我从《项链》里头看到了别的。这些"别的"也许不是莫泊桑的本意,我该不该把它们说出来呢?

我知道莫泊桑有严重的抑郁症。但是,如果我不把我再一次阅读《项链》的想法说出来,我也会抑郁。

在莫泊桑的《项链》里,我首先读到的是忠诚,是一个人、一个公民、一个家庭,对社会的基础性价值——也就是契约精神的无限忠诚。无论莫泊桑对资本主义抱有怎样的失望与愤激,也无论当时的法国暗藏着怎样的社会弊端,我想说,在1884年的法国,契约的精神是在的,它的根基丝毫也没有动摇的迹象。《项链》有力地证明了这一点。

《项链》里的契约精神一点也不复杂,那就是"借东西要还"。这不是哲学的理念,而是生命的实践。在践约这一点上,路瓦赛先生和他的太太马蒂尔德为我们树立极好的榜样。即便是莫泊桑,在项链遗失之后,他可以挖苦路瓦赛夫妇,他可以讽刺路瓦赛夫妇,可莫泊桑丝毫也没有怀疑路瓦赛夫妇践约的决心与行为。莫泊桑不怀疑并不是莫泊桑"善良",是他没法怀疑,除非他不尊重生活事实。能在教育部混上书记员的人差不多可以算作一个"正常"人了,他的太太同样是一个"正常"人。

在契约社会里,对一个"正常"的人来说,契约精神已不再是一种高高在上的国家意识形态,而是公民心理上的一个常识,是公民行为上的一个准则。它既是公民的底线,也是生活的底线。这个底线不可逾越。可以说,离开了契约精神作为精神上的背景、常识上的背景,无论其他的背景如何相似,《项链》这部小说都不足以成立,它的逻辑将全面崩溃。

在契约这个问题上,路瓦赛和马蒂尔德都是常态的。我有理由把这样的常态解读成忠诚。在项链丢失之后,我们丝毫也看不到这一对夫妇的计谋、聪明、智慧、手段和"想办法",换句话说,我们看到的只有惊慌与焦虑。这说明了一件事,他们的内心绝对没有跳出契约的动机,一丝一毫都没有。所谓的惊慌与恐惧,骨子里是践约的艰辛与困难,同时也是契约的铁血与坚固。契约精神是全体民众的集体无意识,在路瓦赛夫妇的身上,这种集体无意识在延续,最关键的是,它在践行。正因为他们的"践行",《项链》的悲剧才得以发生,《项链》的悲剧才成为可能,《项链》的悲剧才能够合理。

《项链》其实是非常文明的悲剧。不是"文明"的悲剧,是"文明的"悲剧。

但是,对于作家来说,或者说,对于小说来说,"忠诚"是无法描绘的。可以描绘的是什么?是性格与行为,——是人物的责任心,是担当的勇气,是不推诿的坚韧。要回答《项链》这部小说里头有没有忠诚,只要看一看路瓦赛夫妇有没有责任心就可以了。忠诚与责任心是合而为一的,一个在理念这个领域,一个在实践这个范畴。

非常遗憾,敬爱的莫泊桑先生,你全力描绘了马蒂尔德的虚荣,你全力描绘了命运对马蒂尔德的惩戒,但是,为了使得《项链》这部小说得以成立,吊诡的事情终于发生了,你不经意间塑造了另一个马蒂尔德:负责任的马蒂尔德和有担当的马蒂尔德。

也许我们不该忘记莫泊桑对"十年之后"马蒂尔德的外貌描写。这是《项链》里头极为动人的一个部分。他描写了马蒂尔德的"老",他还特地写到了马蒂尔德"发红的手",这是粗糙的、长期泡在碱水里的、红肿的、标准的、"劳动人民"的手。在莫泊桑的本意里,这个"老"与"发红的手"自然是罚单,——你就虚荣吧,你已不再年轻,你已不再美丽。

我在这里很想谈谈另一个问题,那就是作家的性格。有些作家的性格是软的、绵的,有些作家的性格是硬的、狠的。哪一个更好?心理学告诉我们,性格无所谓好也无所谓坏。但哪一种性格更适合做作家,这就不好说了。"手软"可以成就一个作家,"手狠"也可以成就一个作家,这和文学的思潮有关。但是,总体上说,有能力、有勇气深入的作家总是好的。我喜欢"心慈""手狠"的作家。鲁迅就是这样。"心慈"加"手狠"大概可以算作大师级作家的共同特征了。借用李敬泽的说法,写到关键的地方,"作家的手不能抖"。你"手抖"了,小说就会摇晃,小说就会失去它的稳固和力量。小说家是需要大心脏的。在虚拟世界的边沿,优秀的小说家通常不屑于做现实伦理意义上的

"好人"。

莫泊桑就"手狠"。"发红的手"就证明了莫泊桑的"手"有多"狠"。是的,对于一个曾经、光彩照人、众星捧月的女性来说,还有什么比"发红的手"更令人不堪呢。在这里,莫泊桑的手必须狠,否则就不足以惩戒,就不足以批判。

但是,从另一个意义上说,马蒂尔德是在一夜之间"老去"的么?她的手是在一夜之间"发红"的么?显然不是。这个"老"与"发红"是渐变的,有一个漫长的过程。是十年。在过去的十年里头,马蒂尔德目睹了自己的面庞慢慢地"老"去,目睹了自己双手慢慢地"发红"。她也许流泪了,但她没有放弃,她没有逃逸。所以,这里的"老"和"发红"就是责任,就是忠诚。

的确,莫泊桑"手狠"。当他通过自己的想象看到马蒂尔德的双手慢慢"发红"的时候,另一个概念必然相伴而生,那就是"十年"。在《项链》里,莫泊桑用了一半的篇幅在惩戒马蒂尔德,他给马蒂尔德"判了十年"。这附带着又告诉了我们另一件事,那就是马蒂尔德的耐心。

我对耐心这个东西特别敏感。之所以敏感是因为我有一个发现,当代的中国是没有耐心的。我们热衷于快。我们喜爱的是"时间就是金钱,效益就是生命"。这太滑稽了,这个振奋了我们几十年的口号伤害了我们这个民族,它让高贵的生命变得粗鄙,直接就是印钞机上吐出来的印刷品。我们人心惶惶,我们争先恐后,我们汗流浃背,我们就此失去了优雅、淡定、从容和含英咀华般的自我观照。没有耐心,极大地伤害了我们这个民族的气质。

耐心有它的标志,——我们能像还钱一样耐心地挣钱;——我们还能像挣钱一样耐心地还钱,就像马蒂尔德所做的那样。其实我想说的是这个意思,挣钱的态度决定了还钱的态度,还钱的态度也决定了挣钱的态度。挣和还都特别重要,没有人只挣不还,也没有人只还不挣。要好,两头都好;要坏,两头都坏。

心情愉快,我终于要说到钱了。

关于钱,《项链》告诉我们,在1884年前后,也就是垄断资本主义社会,一个法国教育部的书记员,他的收入是可以过上中产阶级生活的。我说"中产阶级生活"倒也没有胡说,无论莫泊桑怎样描写马蒂尔德对自己的生活多么不如意,但是,她的家里有一个来自"布列塔尼"的女佣。因为女佣的存在,再怎么说,马蒂尔德也是衣食无忧的,甚至可以说,是丰衣足食的。

一个鬼魅的东西终于出现了,这个鬼魅的东西叫钻石项链,换句话说,奢侈品。再换句话说,奢侈的生活。这条项链有多奢侈呢?算起来吓人一跳,等于公务员一家十年的收入。

这句话还可以换一个说法,1884年前后的法国,一条钻石项链可以维持十年的中产阶级生活。

我想说,这样的生活是多么美好,这个美好就是正常。我愿意把所有正常的生活看作美好的生活,——你是丰衣足食的,只要你别奢侈。

莫泊桑为什么对马蒂尔德的虚荣不能原谅？说到底，她奢侈，最起码，她有奢侈的冲动。

健康的、美好的社会不是不可以有奢侈，可以，但是，只能是少部分奢侈；健康的、美好的社会也不是不可以有贫穷，可以，但是，只能有少部分贫穷。

最为糟糕的社会是：一方面有大量的贫穷，一方面有大量的奢侈。我说这样的社会最糟糕，依据的是生活的常识：这样的社会不正常。这个不正常集中体现在两个方面：贫穷太容易，奢侈也一样容易。从这个意义上说，1884年的法国是多么正常。

所以，莫泊桑先生，息怒。在我看来，你所批判的那个"法国社会"是多么正常，多么美好。我宁愿相信，你所批判的不是金钱、资本和西方，你所批判的仅仅是人类顽固的、不可治愈的奢侈冲动。是的，奢侈的冲动它才是原罪。

最后，我想说一说《项链》作为一篇短篇小说的大前提。

《项链》这篇小说有一个所谓的"眼"，那就是弗莱思洁的那句话："那一串项链是假的。"这句话是小说内部的惊雷。它振聋发聩。我相信第一次读《项链》的人都会被这句话打晕。换句话说，真正让我们震惊的是什么呢？是假货，或者说，是假。这就是所谓的大前提。

但是，这个大前提恰恰又有一个更大的前提，那就是真。从接受心理的角度来说，"假"在什么条件下才会使人吃惊？很简单，"真"的环境。同样，如果环境里头到处充斥着"假"，或者说,整个环境都是"假"的,常识是,这个"假"将失去它的冲击力、爆发力和震撼力。

在《项链》里,莫泊桑所采用的小说线性极为明了,假——真——假。借来的项链是假的,还了一条真的,最后再发现借来的项链是假的。"真"是一块巨大的磐石,稳固地盘踞在生活的最中央,然后,"假"出现了。在"真"与"假"的冲突中,构成了所谓的小说戏剧性。换一个说法,如果我们将小说的线性做一次调整,变成真——假——真?能不能构成小说的戏剧冲突呢?

理论上是可以的。事实上,这样的作品文学史上有。牵强一点说,加缪的《局外人》就是这样的作品。可我们不该忘记,《局外人》并不类属于现实主义,它是存在主义的代表作。存在主义的关键词是什么?荒谬。荒谬的世界是颠倒的世界,"假"盘踞在生活的中央,闹鬼的反而是"真"。

相对于现实主义文学来说,存在主义的真——假——真这个线性关系是不可思议的。它的线性只能是假——真——假。我是不是强词夺理了?没有。道理不复杂,人类对现实世界的认知方式是求真,人类对现实世界的认知目的也是求真。所以,真,或者说,求真,是人类心理的基础、认知的基础、审美的基础和伦理的基础,最终,构成了我们日常生活的基础。在这个基础之上,"真"会使我们平静、愉悦,而"假"则会给我们带来震惊与恐慌。所以,现实主义的戏剧冲突只能依靠"假"对"真"冲击来完成,而不是相反。

《项链》正是在"真"这个基础之上所产生的故事。当莫泊桑愤怒地、讥讽地、天才地、悲天悯人地用他的假项链来震慑读者灵魂的时候，他在不经意间也给我们提供了一个重要的信息，那就是，他的世道和他的世像，是真的，令人放心，是可以信赖的。

莫泊桑，你安息吧。

2015 年 7 月 12 日于南京龙江

奈保尔,冰与火

——我读《布莱克·沃滋沃斯》

一

一个诗人,沃滋沃斯,他穷困潦倒,以讨乞为生,一直梦想着完成他最伟大的诗篇,而最终,他孤独地死去了。——这就是《布莱克·沃滋沃斯》,是《米格尔大街》的第六篇。

比较下来,在小说里头描写诗人要困难一些。为什么?因为小说的语言和诗歌的语言不那么兼容。诗人有诗人特殊的行为与语言,诗人的这种"特殊性"很容易让小说的腔调变得做作。当然了,小说的魅力就在这里,麻烦的地方你处理好了,所有的麻烦将闪闪发光。

奈保尔是怎样处理这个麻烦的呢?铺垫。——你沃滋沃斯不是一个乞丐兼诗人么?你沃滋沃斯不是很特殊、不好写么?那好吧,先铺垫。只要铺垫到了,无论沃滋沃斯怎么"特殊",他在小说里头都不会显得太突兀、太做作。

什么是铺垫？铺垫就是修楼梯。二楼到一楼有三米高，一个大妈如果从二楼直接跳到一楼，大妈的腿就得断。可是，如果在二楼与一楼之间修一道楼梯，大妈自己就走下来了。奈保尔是怎么铺垫的？在沃滋沃斯出场之前，他一口气描写了四个乞丐。这四个乞丐有趣极了，用今天的话说，个个都是奇葩。等第五个乞丐——也就是沃滋沃斯——出场的时候，他已经不再"特殊"，他已经不再"突兀"，他很平常。这就是小说内部的"生活"。

铺垫的要害是什么？简洁。作者一定要用最少的文字让每一个奇葩各自确立。要不然，等四个人物铺垫下来，铺垫的部分将会成为小说内部巨大的肿瘤，小说将会疼死。我要说，简洁是短篇小说的灵魂，也是短篇小说的秘密。

我们来看看奈保尔是如何描写第三个乞丐的，就一句话——

下午两点，一个盲人由一个男孩引路，来讨他的那份钱。

非常抱歉，我手头上所选用的《米格尔街》是浙江文艺出版社2003年版的。但是，我记忆中的另一个版本叫《米格尔大街》，它有另外一种不同的翻译，同样是一句话——

下午两点，一个盲人由一个男孩引路，来取走他的那一分钱。

我不懂外语，我不知道哪一个翻译更贴紧奈保尔的原文，也就是说，我不可能知道哪一种翻译更"信"，但是，作为读者，我会毫不犹豫地选择第二个翻译,第二个翻译"雅"。道理很简单,"来讨他的那份钱"只描写了一个讨乞的动作,而"来取走他的那一分钱",却有了一个乞丐的性格塑造,——这个盲人太逗了,真是一朵硕大的奇葩,他近乎无赖,天天来,天天有,时间久了,他已经忘记了自己是一个乞丐了,他可不是"讨"饭来的,人家是执行公务。这个公务员很敬业,准时,正经,在随行人员的陪同下,他气场强大,来了就取,取了就走。这样的正经会分泌出一种说不出来路的幽默、促狭、会心、苦难、欢乐,寓谐于庄。美学上把"寓谐于庄"叫做滑稽。这才是奈保尔的风格,这才是奈保尔。所以,第二个翻译不只是"雅",也"达"。

补充一句,美学常识告诉我们——

内容大于形式叫悲壮。——内容太大,太强,太彪悍,形式裹不住内容了,形式就要撕裂,就要破碎,火山就要爆发,英雄就得牺牲,这就是悲壮,一般来说,悲壮的英雄都是在面临死亡或业已死亡的时候才得以诞生。

内容等于形式呢?它叫优美。——它般配,安逸,流畅,清泉石上流,关键词是"和谐"。

至于形式大于内容,那就不妙。是内容出现了亏空,或者说,是形式出现了多余。猴子的脑袋不够大,人类的帽子不够小,这就沐猴而冠了。"沐猴而冠"会让我们觉得好笑,这个"好笑"就是滑稽,也叫喜,或者叫做喜剧。喜剧为什么总是讽刺的?还是你自己招惹的,你出现了不该有的亏空。亏空越大,喜剧的效果越浓,所以讽刺从来离不开夸张。我常说,说实话、不吹牛不只是一个道德上的问题,它首先是一个美学上的问题。

——回到小说上来,乞丐可以来"讨",乞丐也可以来"取"。你看看,小说就是这样奇妙,也就是一个字的区别,换了人间。

二

既然说到了翻译,我在这里很想多说几句。你们也许会偷着笑,你一点外语都不懂,还来谈翻译,哪里来的资格?我告诉你,我有。我是汉语的读者,这就是我的资格。——看一篇译文翻译得好不好,在某些特定的地方真的不需要外语,你把汉语读仔细就可以了,我现在就给你们举两个例子。

第一个例子来自茨威格,《一个陌生女人的来信》,它的译本很多。正如我们所知道的那样,这是一篇书信体的小说,自然就有一个收信人的称呼问题。关于称呼,有一个版本是这样翻译的——

你,和我素昧平生的你

事实上,写信的女人和读信的男人是什么关系?是情人关系。不只是情人关系,他们甚至还生了一个孩子。但是,这个男人的情人太多了,他狗熊掰棒子,已经认不出这个写信的女人了。然而有一条,不管这个男人还认不认识这个女人,他们之间不可能是"素昧平生"的关系。他们之间的关系只能是这样的——

（你）见过多次、却已经不再认识（我）

我特地把北京大学张玉书教授的译本拿过来比对过一次，尽管我不懂德语，可我还是要说，张玉书教授的翻译才是准确的。——我这么说需要懂外语么？不需要。

第二个例子来自《朗读者》，作者施林克。它的译本同样众多。在小说的第四章，女主人公汉娜正在厨房里头换袜子。换袜子的姿势我们都知道，通常是一条腿站着。有一位译者也许是功夫小说看多了，他是这样翻译的——

她金鸡独立似的用一条腿平衡自己

面对"一条腿站立"这个动作，白描就可以了，为什么要"金鸡独立"呢？老实说，一看到"金鸡独立"这四个字我就闹心。无论原作有没有把女主人公比喻成"一只鸡"，"金鸡独立"都不可取。它伤害了小说内部的韵致，它甚至伤害了那位女主人公的形象。——我说这话需要懂外语么？不需要的。

三

现在，布莱克·沃滋沃斯，一个乞丐，他来到"我"家的门口了。他来干什么？当然是要饭。可是，在回答"我""你想干啥"这个问题时，他的回答别致了："我想看看你们家的蜜蜂。"

在肮脏的、贫困的乞讨环境里，这句话是陡峭的，它异峰突起，近乎做作。它之所以不显得做作就是因为前面已经有了四朵奇葩。我们仔细看看这句话：行乞是一个绝对物质化的行为，"看蜜蜂"呢，它偏偏是非物质的，属于闲情逸致。这是诗人的语言，肯定不属于乞丐。在这里，作者为我们提供了沃滋沃斯的另一个身份，诗人。

可是，我们再看看，这个诗人究竟是来干啥的——

他问："你喜欢妈妈吗？"

"她不打我的时候，喜欢。"

他从后裤兜里掏出一张印有铅字的纸片，说："这上面是首描写母亲的最伟大的诗篇。我打算贱卖给你，只要四分钱。"

这是惊心动魄的，这甚至是虐心的。顽皮，幽默。这幽默很畸形，你也许还没有来得及笑出声来，你的眼泪就出来了，奈保尔就是这样。

现在我们看出来了，当奈保尔打算描写乞丐的时候，他把乞丐写成了诗人；相反，当奈保尔打算刻画诗人的时候，这个诗人却又还原成了乞丐。这样一种合二而一的写法太拧巴了，两个身份几乎在打架，看得我们都难受。但这样的拧巴不是奈保尔没写好，是写得好，很高级。这里头也许还暗含着奈保尔的哲学：真正的诗人他就是乞丐。

如果我们换一个写法，像大多数平庸的作品所做的那样，先用一个段落去交代沃滋沃斯乞丐的身份，再用另一个段落去交代沃滋沃斯诗人的身份，可以不可以呢？当然可以。但是，那样写不好。啰唆是次要的，关键是，小说一下子就失去它应有的冲击力。

"只要四分钱",骨子里还隐藏着另一个巨大的东西,是精神性的,这个东西就叫"身份认同"。沃滋沃斯只认同自己的诗人身份,却绝不认同自己的乞丐身份。对沃滋沃斯来说,这个太重要了。它牵涉另一个问题,那就是尊严。在《布莱克·沃滋沃斯》里头,奈保尔从头到尾都没有使用过"尊严"这个词,但是,"尊严",作为一种日常的、必备的精神力量,它一直荡漾于小说之中,它屹立在沃滋沃斯的心里。很提气,也很让人心碎。

所以,从写作的意义上来说,"只要分四钱"就是沃滋沃斯的性格描写,这和"来取走他的那一分钱"形成了巨大的反差。

四

这个短篇小说总共只有七章。在第二章的开头,作者是这样写的——

> 大约一周以后的一天下午,在放学回家的路上,我在米格尔街的拐弯处又见到了他。
>
> 他说:"我已经等你很久啦。"
>
> 我问:"卖掉诗了吗?"
>
> 他摇摇头。
>
> 他说:"我院里有棵挺好的芒果树,是西班牙港最好的一棵。现在芒果都熟透了,红彤彤的,果汁又多又甜。我就为这事在这儿等你,一来告诉你,二来请你去吃芒果。"

我非常喜爱这一段文字。这一段文字非常家常,属于那种生活常态的描写。但是同学们,我想这样告诉你们,如果不是因为这一段文字,我是不会给大家讲解这一篇小说的,这一段写得相当好。

第一,我首先要问同学们一个问题,这一段文字到底有没有反常的地方? 如果有,在哪儿?

反常的地方有两处。一、生活常识告诉我们,乞丐都是上门去找别人的,可是,沃滋沃斯这个乞丐特殊了,他牺牲了他宝贵的谋生时间,一直在那里等待"我"。二、乞丐的工作只有一个,向别人要吃的,这一次却是沃滋沃斯给别人送吃的。你看,反常吧?

不要小瞧了这个反常,从这个反常开始,沃滋沃斯的身份开始变化了,他乞丐的身份开始隐去,而另一个身份,孤独者的身份开始显现。也就是说,沃滋沃斯由诗人+乞丐,变成了诗人+孤独者。无论是乞丐还是孤独者,都是需要别人的。

我感兴趣的是,这个反常怎么就出现了的呢? 有原因么? 如果有,这个原因到底是什么?

这个原因就是一句话,是"我"的一句问话,"卖掉诗了吗?"

这句话可以说是整个小说的基础。沃滋沃斯是谁? 一个倒霉蛋,一个穷鬼,一个孤独的人,在这样一个世态炎凉的社会里,有人搭理他么? 有说话的对象么? 当然没有。如果我们回过头来,仔细回看第一章,我们很快就会发现,整整第一章都是沃滋沃斯和"我"的对话,在对话的过程中,沃滋沃斯有一个重大的发现,他发现"我"也是一个诗人,并且像他"一样有才华"。这当然是扯淡。这句话是什么意思呢?是敏锐的、情感丰富的诗人发现了一样东西,那个孩子,也就是"我",是一个富于同情心的人。这个宝贵的同情心在他们第二次见面的时候立即得到了证实:一见面,孩子就问,——卖掉诗了吗?对沃滋沃斯来说,还有什么比这个更宝贵的呢?没有了。话说到这里我们就明白了,他在路边等"我"一点也不反常。这一老一少彼此都有情感上的诉求。我想告诉你们的是,《布莱克·沃滋沃斯》是一篇非常凄凉的小说,但是,它的色调,或者说语言风格,却是温情的,甚至是俏皮的、欢乐的。这太不可思议了。奈保尔的魅力就在于,他能让冰火相容。

第二,沃滋沃斯不去要饭,却在那里等"我"、邀请"我",为的是什么?从最终的结果来看,当然请"我"吃芒果。让我们来注意一下,那么简洁的奈保尔,怎么突然那么啰唆,让沃滋沃斯说了一大堆的话。这番话呈现出来的却不是别的,是沃滋沃斯和一棵芒果树的关系,什么关系?审美的关系。我不知道别人是怎么看待这一段的,这一段在我的眼里迷人了,一个潦倒到这个地步的人还如此在意生活里的美,还急切地渴望他人来分享美,它是鼓舞人心的。

许多人都有一个误解,审美是艺术上的事,是艺术家的事,真的不是。审美是每一个人的事,在许多时候,当事人自己不知道罢了。审美的背后蕴藏着巨大的价值诉求,蕴藏着价值的系统与序列。可以这样说,一个民族和一个时代的质量往往取决于这个民族和这个时代的审美愿望、审美能力和审美水平。如果因为贫穷我们在心理上就剔除了美,它的后果无非就是两条:一、美的麻木;二、美的误判。美的误判相当可怕,具体的表现就是拿心机当智慧的美,拿野蛮当崇高的美,拿愚昧当坚韧的美,拿奴性当信仰的美,拿流氓当潇洒的美,拿权术当谋略的美,拿背叛当灵动的美,拿贪婪当理想的美。

奈保尔的价值到底在哪里?是为我们描绘了一幅贫困、肮脏、令人窒息、毫无希望的社会景区,但是,这贫困、肮脏、令人窒息、毫无希望的生活从来就没有真正绝望过。正如余华在《活着》的韩文版序言里所说的那样,它证明了"绝望的不存在"。它生机勃勃,有滋有味,荡气回肠,一句话,审美从未缺席。这个太重要了。这欲望一点也不悲壮,相反,很家常;你看看沃滋沃斯,都潦倒成啥样了,讨饭都讨不着,他在意的依然是一棵树的姿态。

第三,而事实上,在这段文字里,"西班牙港最好的"芒果树其实不是树,是爱情。就在第二章里,有一段沃滋沃斯的追忆似水年华:"姑娘的丈夫非常难过,决定从此再也不去动姑娘花园里的一草一木。于是,花园留了下来,树木没人管理,越长越高。"文学界流行一句话,爱情不好写,这是真的,爱情从来都不好写,我到现在都害怕描写爱情。可我要说,在这篇小说里头,爱情的描写太成功了,它一共只有短短的九行。然而,如果我们有足够的敏感,有足够好的记忆力,我们在阅读这一段追忆似水年华的时候突然会醒悟,会联想起前面有关"等待"的那段话:

天哪,难怪沃滋沃斯要在那里等待孩子,难怪他要请孩子去看芒果树,难怪他要让孩子去吃芒果,这一切都是因为他的爱情。他要看着孩子吃掉那些"红彤彤"的芒果,他要看着蜂蜜一样黏稠的果汁染红孩子的"衬衫"。看出来了吧,奈保尔对爱情的描绘绝对不是短短的九行,从"等待"就开始了。所以,好读者不能看到后面就忘了前面,好读者一定要会联想。——奈保尔让沃滋沃斯等待"我"的时候描写爱情了么?没有。都藏在底下了,这就是所谓的"冰山一角"。从小说的风格上说,这就叫含蓄;从小说的气质上说,这就叫深沉。好的小说一定有好的气质,好的小说一定是深沉的。你有能力看到,你就能体会这种深沉,如果你没有这个能力,你反而有勇气批评作家浅薄。

我在这里罗列了第一、第二、第三,特别地清晰。可我要强调一下,这是课堂,是出于课堂的需要,要不然你们就听不清楚了,——但你们千万千万不要误解,以为作家的创作思维也是这样的,先备好课,再一步一步地写,还分出一、二、三、四,不是,绝对不是。那样是没法写小说的。我想你们都知道,讲小说和写小说不是一码事。在写作的时候,作家的思维要混沌得多,开放得多,灵动得多,深入得多。

<h2 style="text-align:center">五</h2>

小说的第三章、第四章和第五章差不多是雷同的,只写了一

个内容,那就是沃滋沃斯的现实之痛。这个现实之痛并不是沃滋沃斯吃不上饭,而是沃滋沃斯始终没能把"世界上最伟大的诗篇"给写出来。而事实上,我说这三章是雷同的是一个不负责任的说法,它们的区别其实很大,分别代表了沃滋沃斯几种不同的人生状态。唯一雷同的是小说的方式,差不多全是对话,也就是沃滋沃斯和"我"的对话。关于这个部分,我有两点要说。

一、对话。

对话其实是小说内部特别具有欺骗性的一种表述方式,许多初学者误以为它很容易,就让人物不停地说,有时候,一部长篇能从头"说"到尾。这样的作品非常多。

给你们讲一个故事,是聂华苓的故事。聂华苓上世纪六十年代就去了美国,在美国待了五十多年了,用英语写作一点问题都没有。可是,她一直用汉语写。有一天我问她,为什么不直接用英语写作呢?用汉语写还要翻译,多麻烦哪。聂老师说不行,她尝试过。用英语去描写、去叙述一点问题都没有,但是,一写到人物的对话,穿帮了,美国的读者一眼就知道不是母语小说,而是用外语写的。

听了这番话我很高兴。我在实践中很早就意识到对话的不易了,——对话是难的,仔细想一想就能明白其中的道理了,这里头有一个小说人物与小说语言的距离问题。描写和叙述是作家的权力范围之内的事,它们呈现着作者的语言风格,它离作家很近,离小说里的人物反而远。对话呢?因为是小说人物的言语,是小说的人物"说"出来的,这样的语言和小说人物是零距离的,它呈现的是小说人物的性格,恰恰不是作家个人的语言风格,作家很难把控,它其实不在作家的权力范围之内。你很难保证这些话是小说的人物说的,而不是来自作家。许多作品如此热衷于对话,并不是因为作者的对话写得好,而是因为作者在叙事与描写方面不过关,没才能,怕吃苦,想偷懒,回头一想,嗨,那就用对话来替代吧,多省事呢。这样的对话其实不是对话,而是规避描写与叙事。老实说,我至今都看不上从头到尾都是对话的小说。从头到尾采用对话,写写通俗小说是可以的,纯文学肯定不行,纯文学有它的难度要求,对对话也有特殊的要求。在这个问题上我们一定要有数,千万不要因为自己的无知就以为对话很好写。罗曼·罗兰写小说已经功成名就了,后来写起了话剧,有人问他为什么,他说,练习写对话。这是很能说明问题的。

二、诗人之痛。

我对诗人之痛特别有兴趣,因为我喜欢李商隐的诗。这个李商隐呢,和沃滋沃斯一样,也是一个痛苦了一辈子的诗人。其实,如果我们把中国的诗歌史翻出来看看,从屈原,到王粲,再到庾信、李白、柳宗元,一路捋下去吧,我们很快就可以发现一件事,每一个诗人都有自己的"李商隐之痛",就像北岛所说的那样,"每一棵树都有自己的猫头鹰"。——就在我现在所坐的这个位置上,陆建德老师说过一句话,巧了,李敬泽老师也在这个座位说过一句话,两位老师的话是一样的。两位老师说,中国的诗人都有一句话憋在心里头,说不出口:

我痛苦啊,到现在都当不上宰相。

在座的同学如果当时也在场,你们一定还记得。

中国是一个诗的国度。美妙的是,辉煌的中国诗歌史是由一代又一代官场的失败者写成的。这个太独特了。他们痛苦,但是,请你们注意一下,他们很少因为他们的诗歌而痛苦,除了那个倒霉的贾岛。这是非常有意思的。

我喜欢沃滋沃斯的痛苦,我这样说不是幸灾乐祸,千万不要误会哈,这个你们懂的。我的意思是,作为一个诗人,沃滋沃斯的痛苦和面包有关,和爱情有关,和孤独有关,和自己尚未完成的作品有关。作为一个中文系毕业的毕业生,是奈保尔让我看到了另一种"诗人之痛",他丰富了我,他让我看到了另一个世界,我感谢奈保尔。

六

小说到了第六章了,不幸的事情终于来了,沃滋沃斯死了。在沃滋沃斯临死之前,他把"我"搂在了怀里,对"我"说了这样的一番话——

> 现在你听我讲,以前我给你讲过一个关于少年诗人和女诗人的故事,你还记得吗?那不是真事,是我编出来的。还有那些什么作诗和世界上最伟大的诗,也是假的。

我一直在反复强调,这是一篇凄凉的小说,但同时也是一篇温情的小说。我还说,奈保尔始终在塑造沃滋沃斯的性格,自尊,现在我必须要加上一条了,善良。

如果你们一定要逼着我说出这篇小说最让我感动的地方,我只会说,同情。但"同情"这个词恰恰又是危险的,它很容易和施舍混合起来,这里头当然也包括精神上的施舍。这篇小说告诉我们,同情和施舍无关,仅仅是感同身受。——你千万不要为我痛苦。

我这样说是不是有点心灵鸡汤的味道?不是。我想谈的反而是另一个东西,历史观。在我看来,在我们的历史观里头,有一个大恶,我把它叫做"历史虚荣"。糟糕的文化正是"历史虚荣"的沃土。"历史虚荣"可以使一个人无视他人的感受、无视他人的生命、无视现实的生命,唯一在意的仅仅是"历史将如何铭记我"。它的代价是什么?是让别人、让后来的人,背负着巨大的身心压力。——我死了,可我不能让你舒服。常识是,"历史虚荣"伤害的绝不是历史,一定涵盖了现实与未来。

七

现在我想来谈一谈小说的面。无论阅读什么样的小说,哪怕是现代主义小说,我们首先要找到小说的一个基本面。这个基本面是由小说的叙事时间和小说的叙事空间来完成的。换句话说,不管你的小说如何上天入地,小说必须回到这个基本层面上来,在这个层面上发展,在这个层面上完善,否则小说就没法写,也没法读,那就乱了套了。

在《布莱克·沃滋沃斯》这部小说里,一共有几个层面呢?四个,我们一个一个说。

在第一个层面,也就是小说的基础层面,总共有四个人物。一、"我";二、沃滋沃斯;三、"我"母亲;四、警察。这四个人物存在于同一个时间与空间里头。小说是以"我"和沃滋沃斯做主体的,那么,奈保尔为什么要涉及"我"母亲和那个警察呢?道理一说就通,母亲与警察构成了小说的背景,是他们构成了小说内部冰冷的文化氛围。关于那个警察,小说里一共只有两句话,但是,有和没有,区别是巨大的。

第二个层面本来不存在,但是,由于小说技术上的需要,奈保尔必须在沃滋沃斯出场之前为他做铺垫,这一来第二个层面就出现了,也是由四个人构成的,第一个乞丐,第二个乞丐,第三个乞丐和第四个乞丐。这个层面来自作者,属于作者的叙事层面。

第三个层面来自沃滋沃斯的钩沉,是沃滋沃斯的一段爱情。只有一个人物,当然是那个"酷爱花草树木"的姑娘。这个层面绝对不能少,它决定了小说的纵深,它影响并决定了第一层面里头沃滋沃斯的一切,行动,还有语言。如果没有这个层面,用黑格尔的说法,沃滋沃斯就不再是"这一个"沃滋沃斯。理论上说,小说里的每一个人都必须是"这一个",否则,他就会游离,缺氧,从而失去生命。

容易被我们忽略的是第四个层面。大家想一想,这个小说有没有第四个层面？有的。第四个层面来自姑娘的腹部，人物也是一个，就是"死在姑娘肚子里"的"小诗人"。从小说的结构来讲，有没有这个层面都不会影响小说的大局，但是，就情绪而言，这一个层面又是重要的，它就是一个小小的锥子，一直插到沃滋沃斯心脏的最深处。

八

最后我们要谈的依然是一个技术问题，结构。说起结构，问题将会变得复杂。长篇有长篇的结构，中篇有中篇的结构，短篇有短篇的结构。我一直说，长、中、短不是一个东西不同的长度，而是三个不同的东西。它们是三个不同的文体。一般来说，作家都有他的局限、他的专擅，很难在长、中、短这三个领域呼风唤雨。奈保尔是一个例外，他几乎没有短板。这是很罕见的，这是我格外喜欢奈保尔的一个重要原因。

短篇小说的结构又要细分，故事类的，非故事类的。如果是故事类的，还要分，封闭结构，开放结构。——这些东西我们今天统统不谈。我们今天只讲短篇小说非故事类的结构。

《布莱克·沃滋沃斯》是标准的、非故事类的短篇，严格地说，是一个人物的传记。和传记不同的是，它添加了一个人物，也就是"我"，这一来，"我"和小说人物就构成了一个关系。对小说来说，人物是目的，但是，为了完成这个目的，依仗的却是关系。关系没有了，人物也就没有了。关系与人物是互为表里的。

那好,《布莱克·沃滋沃斯》就是一个人物传记,它没有故事,如何去结构呢?我要告诉你们的是,写这样的小说不能犯傻,去选择什么线性结构,那个是要出人命的。放弃了线性结构,如何结构呢?当然是点面结构。事实上,奈保尔所选用的就正是点面结构。面对这样一个具体的作品,你让奈保尔采用线性结构,奈保尔也无能为力。

现在的问题是,经常有年轻人问我,点面结构的作品如何去保证小说结构的"完整度"呢?

先来听我讲故事吧。电影这个东西刚刚来到拉美的时候,拉美的观众很害怕:银幕上的人物怎么都是大脑袋?身体哪里去了?这个细节在《百年孤独》里头就有所展现。面对这个问题,我们可以不可以反过来问,电影摄影师为什么只拍演员的脑袋?他凭什么把演员的身体给放弃了?回答这个问题的是德国心理学家韦特海默,他创立了格式塔理论,也叫完形心理学。

完形心理学向我们揭示了一个认知上的惊天大秘密,那就是,我们在认知的过程中,始终存在一个次序的问题:先整体,后局部。拿看电影来说,只要我们在银幕上看到了一个大脑袋,我们的脑海里立即就会建构起一个"完整"的人,我们不会把它看作一个孤立的、滴血的、搬了家的大脑袋。这不是由镜头决定的,是由我们的认知决定的。正因为有了这样的一个认知做前提,摄影师才敢舍弃演员的身体,只盯着这演员的大脑袋。

——我们都知道"盲人摸象"这个笑话,这个笑话的基础是什么?是盲人的认知里头根本没有大象这个"完形"。对任何一个健全人来说,一看到象牙就可以看到大象,但是,对盲人来说,他们不行,在他们的巴掌底下,大象只能是一柄由粗而细的长矛。

回到小说,如果你想写一个传记性的人物,他总共活了98岁,你要把98年统统写一遍么?那就傻帽了。你根本就不需要考虑线性的完整性,它可以是断裂的、零散的。甚至可以说,它必须是断裂的、零散的,仿佛银幕上舍弃了身体的大脑袋。你只要把大脑袋上的事情给说生动了、说准确了、说具体了,永远也不要担心读者追着你去讨要人物的大腿、小腿和脚丫子。——非故事类的短篇就是这样,结构完完整整的,未必好,东一榔头西一棒,未必就不好。

兄弟才疏学浅,孤陋寡闻,讲得不对的地方欢迎同学们批评。小说阅读是一件非常个人化的事情,我们看法没有真理性,如果有不同的意见欢迎老师同学们批评指正。

2015 年 9 月 17 日于南京大学

什么是故乡？

——读鲁迅先生的《故乡》

我没有什么学问，真的谈不了什么大问题。因为能力的局限，我只能和大家一起回顾一下中学教材里的一篇小说，也就是鲁迅先生的《故乡》。我们都知道，鲁迅研究是一门很独特的学科，它博大精深，已经抵达了非常高的水准，以我的学养，是插不上嘴的。可是话又得说回来，关于鲁迅，太多的中国作家表达过这样的意思——"虽不能至，心向往之"。我今天来讲大先生的《故乡》，其实就是一个读者的致敬，属于心向往之。恳请大家不要用批评家的要求来衡量我，更不能把我的演讲当作"鲁迅研究"，那个要贻笑大方的。有说得不对的地方，敬请同行朋友们多包涵、多指正。

一、基础体温。冷

《故乡》来自短篇小说集《呐喊》。关于短篇小说集，我有话说。许多读者喜欢读单篇的短篇，却不喜欢读短篇小说集，这个习惯就不太好。其实,短篇小说是要放在短篇小说集里头去阅读的。一个小说家的短篇小说到底怎么样,有时候,单篇看不出来,有一本集子就一览无余了。举一个例子,有些短篇小说非常好,可是,放到集子里去,你很快就会发现这个作家有一个基本的套路,全是一个模式。你可以以一当十的。这就是大问题。好的短篇集一定是像《呐喊》这样的,千姿百态,但是,在单篇与单篇之间,又有它内在的、近乎死心眼一般的逻辑。

如果我们的手头正好有一本《呐喊》,我们沿着《狂人日记》《孔乙己》《药》《头发的故事》《风波》这个次序往下看,这就到了《故乡》了。读到这里,我们能感受到什么呢?我们首先会感觉到冷。不是动态的、北风呼啸的那种冷,是寂静的、天寒地冻的那种冷。这就太奇怪了。这个奇怪体现在两个方面——

第一,你鲁迅不是呐喊么?常识告诉我们,呐喊必然是激情澎湃的,必然是汪洋恣肆的,甚至于,必然是脸红脖子粗的。你鲁迅的呐喊怎么就这样冷静的呢?这到底是不是呐喊?请注意,鲁迅的嗓音并不大,和正常的说话没有什么两样,然而,这才是鲁迅式的呐喊。在鲁迅看来,中国是这样的一个国家,人人都信奉"沉默是金"。一个人得了癌症了,谁都知道,但是,谁都不说,尤其不愿意第一个说。这就是鲁迅所痛恨的"和光同尘"。"和光同尘"导致了一种环境,或者说文化,那就是"死一般的寂静"。就在这"死一般的寂静"里,鲁迅用非常正常的音量说一句"你得了癌症了",它是"于无声处听惊雷"。很冷静。这才是鲁迅式的呐喊,——鲁迅的特点不是嗓子大,是"一语道破",也就是"一针见血",和别人比音量,鲁迅是不干的。别一看到"呐喊"这两个字立马就想起脸红脖子粗,鲁迅这样的。作为一个一流的小说家,作为一个拥有特殊"腔调"的小说家,鲁迅永远也不可能脸红脖子粗。扯着嗓子叫喊的,那是别人不叫鲁迅。我要强调的是,我们不能被鲁迅欺骗了,我们要在象征主义这个框架之内去理解鲁迅先生的"呐喊",而不仅仅是字面。关于象征主义,我还有话要说,我们放到后面去说。

第二,面对一个呐喊者,我们应当感受到呐喊者炙热而又摇晃的体温,但是,读《呐喊》,我们不仅感受不到那种炙热而又摇晃的体温,相反,我们感到了冷。的确,冷是鲁迅先生的一个关键词。

是冷构成了鲁迅先生的辨别度。他很冷,很阴,还硬,像冰,充满了刚气。关于刚,有一个词大家都知道,叫"阳刚"。从理论上说,阳和刚是一对孪生兄弟;阴和柔则是一对血亲姊妹。它们属于对应的两个审美范畴。可是,出大事儿了,是中国的美学史上,伴随着小说家鲁迅的出场,在阳刚和阴柔之外,一个全新的小说审美模式出现了,那就是"阴刚"。作为一个小说家,鲁迅一出手就给我们提供了一种全新的审美模式,这是何等厉害。通常,一个小说家需要很长时间的实践才能培育起自己的语言风格,更不用说美学模式了,鲁迅一出手就做到了。艾略特有一篇著名的论文,《传统与个人才能》。借用艾略特的说法,我自然不会忽视"传统",也就是历史的原因,但我们更加不能忽视的是鲁迅"个人才能"。说鲁迅是小说天才一点也不过分。但是,我永远也不会说鲁迅是小说天才,那样说不是高估了先生,是低估了先生。我这样说一点也不是感情用事,人家的文本就在我们手上。它经得起读者的千人阅、万人读,也经得起研究者们千人研、万人究。鲁迅最为硬气的地方就在这儿,他经得起。

既然说到了冷,我附带着要说一个特别有意思的东西了,那就是一个作家的基础体温。正如每个人都有自己的基础体温一样,每一个作家也都有他自己的基础体温。在中国现代文学里头,基础体温最高的作家也许是巴金。我不会把巴金的小说捧到天上去,但是,这个作家是滚烫的,有赤子的心,有赤子的情。一个作家一辈子都没有丧失他的赤子心、赤子情,一辈子也没有降温,在我们这样一个特殊的文化背景里头,这有多难,这有多么宝贵,我们扪心自问一下就可以了。我很爱巴金先生,他永远是暖和的。他的体温是它最为杰出的一部作品。

基础体温最低的是谁?当然是张爱玲。因为特殊的原因,因为大气候,现代文学史上的作家总体上是热的,偏偏就出了一个张爱玲,这也是异数。这个张爱玲太聪明了,太明白了,冰雪聪明,所以她就和冰雪一样冷。她的冷是骨子里的。人们喜欢张爱玲,人们也害怕张爱玲,谁不怕?我就怕。我要是遇见张爱玲,离她八丈远我就会向她鞠躬,这样我就不必和她握手了。我受不了她冰冷的手。

另一个最冷的作家偏偏就是鲁迅。这更是一个异数。——鲁迅为什么这么冷?几乎就是一个悬案。

我现在的问题是,鲁迅的基础体温到底是高的还是低的?

这个问题很考验人,尤其考验我们的鲁迅阅读量。如果我们对鲁迅有一个整体性的、框架性的阅读,结论是显性的,鲁迅的基础体温着实非常高。但是,一旦遇上小说,他的小说温度突然又降下来了。这是一个触目惊心的矛盾。作为一个读者,我的问题是,什么是鲁迅的冷?我的回答是两个字,克制。说鲁迅克制我也许会惹麻烦,但是,说小说家鲁迅克制我估计一点麻烦也没有。鲁迅的冷和张爱玲的冷其实是有相似的地方的,他们毕竟有类似的际遇,但是,他们的冷区别更大。我时刻能够感受到鲁迅先生的那种克制。他太克制了,其实是很让人心疼的。他不停地给自己手上的那支"金不换"降温。要把这个问题说清楚,不要说一次演讲,一本书也许都不够。今天我们不说这个。我只想说,过于克制和过于寒冷的小说通常是不讨喜的,很不讨喜,但是,鲁迅骨子里的幽默帮助了小说家鲁迅。是幽默让鲁迅的小说充满了人间的气味。如果没有骨子里的那份幽默,鲁迅的文化价值不会打折扣,但是,他小说的魅力会大打折扣。鲁迅的幽默也是一个极好的话题,但我们不要跑题,我们今天也不说,继续回到温度,回到《故乡》——

读《呐喊》本来就很冷了,我们来到了《故乡》,第一句话就是:"我冒了严寒,回到相隔二千余里,别了二十余年的故乡去。"冷吧?很冷。不只是精神上冷,身体上都冷。

我的问题来了,作为虚构类的小说,——"我"可以不可以在酷暑难当的时候回"故乡"?可以。可以不可以在春暖花开的时候回"故乡"?可以。可以不可以在秋高气爽的时候回"故乡"？当然也可以。可是我要说，即使是虚构，鲁迅也不会做过多的选择，他必须，也只能"冒了严寒"回去。为什么？因为回去的那个地点太关键了，它是"故乡"。它是《呐喊》这个小说集子里的"故乡"。

二、什么是故乡？

我刚才留下了一个问题，是关于象征主义的。我说过，理解鲁迅的小说，一定不能离开象征主义这个大的框架。象征主义是西方现代主义的一个专有名词。大家都知道，西方现代主义可不是改革开放之后才进入中国的，它在五四时期就和中国的现代文学有着千丝万缕的联系了，五四文学其实是我们的第一代"先锋文学"。因为救亡压倒了启蒙，现代主义文学的实践后来中断了而已。谈论鲁迅的小说，象征主义是一个无法逾越的话题。

按照我们现行的现代文学史，通常都把鲁迅界定为伟大的现实主义作家。从思想与文化意义上说，这个说得通，但是，仅仅局限在小说修辞的内部，这个判断其实是不准确的。的确，鲁迅拥有无与伦比的写实能力，但是，写实能力是一码事，是不是现实主义作家则是另外的一码事。我们在谈论鲁迅的象征主义创作时，一般习惯于讨论《野草》和《狂人日记》。但是，我们先来看茅盾先生的《子夜》吧，《子夜》的故事发生在哪里？上海。《子夜》写的是什么？上海。你要想了解20年代、30年代的上海,你就去读《子夜》,那是地道的上海"诗史",甚至干脆就是历史。在当年的上海,吴荪甫和赵伯韬一抓一大把。你要说《子夜》写的是30年代的沈阳或陕北,我想谁也不会同意。这是标准的现实主义作品。现实主义和象征主义最大的区别就在一个基本点上,看它有没有隐喻性,或者说,延展性。通俗地说,现实主义是由此及此的,象征主义则是由此及彼的,——言在象,而意在征。

鲁迅深得象征主义的精髓,从《呐喊》开篇《狂人日记》开始,鲁迅小说的基本模式就不是现实主义,而是象征主义的。鲁迅先生对象征主义手法的运用,在《药》这个小说里头几乎抵达了顶点。正因为如此,在《呐喊》里头,《药》反而有缺憾,它太在意象征主义的隐喻性了,它太在意"象"背后的那个"征"了。所以,《药》是勉强的。包括小说的名字。可以说,《药》的不尽人意不是现实主义的遗憾,相反,是象征主义的生硬与局限。

和《药》比较起来,《故乡》要自然得多。——如果我们对鲁迅没有一个整体性的阅读,把《故乡》这样的作品当作"乡土小说"或"风俗小说"去阅读,一点问题都没有。但是,《故乡》绝对不是"乡土小说"或"风俗小说",鲁迅是不甘心做那样的作家的。从作家的天性上说,鲁迅很贪大;从作家的实际处境来说,鲁迅有"任务",也就是"听将令"。

有两句话我不得不说,第一,先生是一个很早熟的作家;第二,鲁迅是一个大器晚成的小说家。这就带来了一个问题,先生其实是一个把自己书写过两遍的作家。他"重写"了他自己。

这在世界文学史上也许都没有先例。事实上,在写小说之前,先生的思想与艺术能力就已经很成熟了,但是,有两个"使命"他没有完成:第一,他不够普罗;第二,尚没有"白话"。这两件事其实是一件事。因为陈独秀等一干同仁,先生用当时根本就"不算文学"的"小说"把自己"改写"了一遍,同时,也用白话把自己"翻译"了一遍。可以这样说,为了启蒙,先生放下了身段,来了一次"二次革命",这才有了我们所知道的鲁迅。请听清楚了,——在鲁迅的时代,尤其是,以鲁迅的身份,做"小说家"可不是一件光荣的事情,连体面都不一定说得上。小说是写给谁读的?是给鲁迅妈妈那样的、"识字"的人读的。这一点我们一定要明白,不明白这个,我们根本就无法了解鲁迅,更无法了解鲁迅的小说。

正因为如此,可以这样说,在鲁迅的小说里头,其实只有一样东西,那就是启蒙。启谁的蒙?当然是启"国人"的蒙。换句话说,离开了"国人",也就是"中国"这个大概念,鲁迅绝不会动手去写"小说"这么一个劳什子。——他实在是怀抱着"使命"才去做的。好,鲁迅的小说终于要写到"故乡"了,我的问题是,这个"故乡"是沈从文的故乡么?是汪曾祺的故乡么?当然不是。真正描写故乡必然离不开两样东西:一是乡愁,二是闲情逸致。鲁迅的《故乡》恰恰是一篇没有乡愁、没有闲情逸致的《故乡》,鲁迅不喜欢那些小调调,鲁迅可没有那样的闲心。鲁迅的情怀是巨大的。

可是,我们不得不说,作为小说家的鲁迅又有一个小小的偏好,或者说特点,那就是小切口。这是鲁迅小说的美学原则。鲁迅的小说可以当作"史诗"去读,但鲁迅个人偏偏不喜欢"史诗"。即使和茅、和巴、和老、和曹比较起来,鲁迅小说的切口也要小很多。说到这里一切都简单了,小切口的小说必然在意一个东西,那就是它的延展性,也就是它的隐喻性,换句话说,鲁迅的小说必然会偏向于象征主义。所以,所谓的"故乡",它不可能是"邮票大小的地方",鲁迅会对"邮票大小的地方"有兴趣么?不可能的。他着眼的是康有为所说的那个"山河人民"。在鲁迅的笔下,《故乡》是一篇面向中华民族发言的小说,它必须是"中国",只能是"中国"。这就不难理解《故乡》为什么会成为"呐喊"的一个部分。《故乡》是象征主义的,正如《呐喊》是象征主义的一样。

既然说到了象征主义,我不得不说,和鲁迅最像的那个作家是卡夫卡,绝对不是部分学者所认定的波德莱尔。是,鲁迅和波德莱尔的处境与感受生活的方式的确有许多相似的地方,可他们的气质相去甚远。鲁迅是什么人哪?革命者,领袖。他怎么可能让自己去做一个浪荡公子?开什么玩笑呢。鲁迅和卡夫卡像。但鲁迅和卡夫卡又很不同,最大的不同就在这里:卡夫卡在意的是人类性,而鲁迅在意的则是民族性。——这里头没有高下之分。面对文学,我们不能玩平面几何,以为人类性就大于民族性,这是说不通的。请注意,考量一个小说家,要从它的有效性和完成度来考量,不能看命题的大小。因为工业革命和现代主义的兴起,也因为懦弱的天性,卡夫卡在意人类性是理所当然的；同样，因为启蒙的压力，更因为性格的彪悍，鲁迅非常在意民族性，那也是理所当然的。

说到这里我们不得不面对一个问题，是一句话。——"愈是民族的就愈是世界的"，这句话的流传性非常广泛，因为它是鲁迅说的，口吻也非常像，几乎成了真理了。但是我要说，鲁迅从来没有说过这样的混账话，鲁迅不可能说这样的混账话。在逻辑上，这句话不属于鲁迅思想的体系。鲁迅是极其看重价值的人，他不可能回避价值问题去说这样草率的昏话。1934年的4月19号，鲁迅给青年木刻家陈烟桥写过一封信，鲁迅鼓励青年人说："有地方色彩的，倒容易成为世界的。"这句话是对的，它面对的只是艺术上的一些手段和特色，但是，一点也不涉及民族性的价值。这和笼而统之地说"愈是民族的就愈是世界的"完全不是一码子事。鲁迅不可能回避价值。——三寸金莲是民族的，能成为世界的？大烟枪是民族的，能成为世界的？

一句话，鲁迅所批判的那个"国民性"正是民族的，它能成为世界的？我们在哄自己玩呢，我们在骗自己玩呢。我们不能哄自己，更不能骗自己，这正是鲁迅要告诉我们的。

我想说，鲁迅所鞭挞的正是民族性里最为糟糕的那个部分，仅仅从逻辑分析上说，那句话和鲁迅的精神也是自相矛盾的。——退一步，即使鲁迅说过，我们也要充分考量当时的语境，绝不能拿着鸡毛当令箭。糟糕的民族性不要说不是世界的，连民族的都不可以，——鲁迅的意义就在这里。如果我们对民族性没有一个理性的认识，对民族性不进行价值分析和价值取舍,拿世界性当民族性的挡箭牌,拿世界性当民族性的合法性,先生艰苦卓绝的一生真的算是白忙活了。

2013年,我在北京的一次会议上质疑了"愈是民族的就愈是世界的",结果,许多不明就里的年轻人说我侮辱鲁迅,在网络上扑过来就是一顿臭骂。利用今天这个机会,我郑重地说明一下,年轻人,你们的狙击步枪实在厉害,可你们瞄错方向了。质疑"愈是民族的就愈是世界的",和侮辱鲁迅没有任何关系。我们先把狙击步枪放下来,拿上鲁迅的书,我们都好好读,鲁迅的世界比三点一线要开阔得多,也迷人得多。

三、两个比喻。圆规

《故乡》的故事极其简单,"我"回老家搬家,或者说,回老家变卖家产。就这么一点破事,几乎就构不成故事。《故乡》这篇小说到底好在哪里呢?我的回答是,小说的人物写得好。一个是闰土,一个是杨二嫂。我们先说杨二嫂。

和小说的整体一样,杨二嫂这个人物其实是由两个半圆构成的,也就是两个层面,一半在叙事层面,一半在辅助层面,也就是钩沉。通过两个半圆来完成一个短篇,是短篇小说最为常用的一种手法。我相信在座的每个朋友都经常使用。通常说来,双层面的小说都要比单层面的小说厚实一些,两个层面之间可以相互照应。

但是,有一点我需要特别地指出来,一般说来,中篇小说和长篇小说都有一件大事情要做,那就是小说人物的性格发育。短篇小说由于篇幅的缘故,它是不允许的。正因为如此,我常常说,短篇小说、中篇小说、长篇小说是三个完全不同的体制,而不是小说的长短问题。说起短篇小说,大家都有一个共识,它不好写。其实,所谓的"不好写"恰恰来自小说的人物。一方面,短篇小说需要鲜活的人物性格;另一方面,短篇小说又给不了性格发育的篇幅,这就很矛盾了。我极端的看法是,短篇小说一旦超过了一万字几乎就没法看了,说明我们的能力达不到。第一,我们的眼睛看不到短篇小说"在哪里";第二,即使看到了,我们手上的能力没跟上。短篇小说真真正正的是手上的才华,我们必须要有手。

鲁迅厉害。在辅助层面,也就是人物的"前史",他给了杨二嫂起了一个绰号:"豆腐西施"。在汉语里头,"西施"本来是一个非常好的名字,但是,"豆腐西施",不妙了,很怪异,很不正经,它附带着还刻画了杨二嫂,——杨二嫂在很年轻的时候就"不是他娘的正调"。这为叙事层面打下了一个很好的基础。好,到了叙事层面,杨二嫂已经是一个五十开外的女人,我们看到的又是什么呢?是这个小市民的恶俗,是她的刁、蛮、造谣、自私、贪婪,她的贪婪主要体现在算计上。就因为她算计,另一个绰号自然而然地就来了,是一个精准的计算工具:"圆规"。请大家注意一下,"豆腐西施"和"圆规"这两个绰号不只是有趣,还有它内在的逻辑性,其实是发展的,不要小看了这个发展,它其实替代了短篇小说所欠缺的性格发育。

这个已非常珍贵。这个线性是什么呢？是鲁迅所鞭挞的国民性之一：流氓性。可不要小瞧了这个流氓性，在鲁迅那里，流氓性是一个非常重要的概念。鲁迅一生都在批判劣根性，这是他对国民性的一种总结。这个劣根可以分为两个部分：强的部分和弱的部分。强的部分就是鲁迅所憎恨的流氓性，弱的部分则是鲁迅所憎恨的奴隶性。最令鲁迅痛心的是，这两个部分不只是体现在两种不同的人的身上，在更多的时候，它体现在同一个人的身上。这个总结是鲁迅思想重要的组成部分，也是鲁迅为我们这个民族所做出的伟大的贡献。

必须叹服鲁迅先生的深刻。的确是这样，流氓性通常伴随着奴性，奴性通常伴随着流氓性。

下面我该重点谈一谈"圆规"这个词了。"圆规"这个词属于科学。当民主与科学成为两面大旗的时候，科学术语出现在五四时期的小说里头，这个是不足为怪的。但是，我依然要说，在鲁迅把"圆规"这个词用在了杨二嫂身上的刹那，杨二嫂这个小说人物闪闪发光了。

首先我们来看，——杨二嫂是谁？一个裹脚的女人。裹脚女人与圆规之间是多么形似，是吧，我们可以去想象。

接下来我们再看，——杨二嫂是谁？是一个工于心计的女流氓，她的特点就是算计，这一来杨二嫂和圆规之间就有了某种神似。这就太棒了。

可是，如果我们再看一遍，——杨二嫂到底是谁？她的算计原来不是科学意义上的、对物理世界的"运算"，而是人文意义上的、对他人的"暗算"。这一来,"圆规"这个词和科学、和文明就完全不沾边了,成了另一种意义上的愚昧与邪恶。杨二嫂和"圆规"之间哪里有什么神似?一点都没有。这就是反讽的力量。一种强大的爆发力。可以这样说,"圆规"这个词就是捆在杨二嫂身上的定时炸弹,读者一看到它它就会爆。想象一下吧,当年胡适、赵元任第一次看到"圆规"这两个字的时候,胡适、赵元任也许会喷出来。他们一定能体会到那种从天而降的幽默,还有那种从天而降的反讽。别忘了,《故乡》写于1921年的1月,小一百年了。那时候,"圆规"可不是现代汉语里的常用词,在"之乎者也"的旁边,它是高大上。就是这么高大上的一个词,最终却落在了那样的一个女人身上。我的意思是,如果我们能够用"历史的眼光"去阅读经典,我们所获得的审美乐趣要宽阔得多。

但是,无论如何,我想指出的是,"圆规"毕竟属于当时的高科技词汇,在整个小说里头还是突兀的,它跳脱,它和小说的语言氛围并不兼容。比较下来,把杨二嫂比喻成"两根筷子"倒更贴切一些。我来把这一段文字读给你们听听吧——

> 我吃了一惊,赶忙抬起头,却见一个凸颧骨,薄嘴唇,五十岁上下的女人站在我面前,两手搭在髀间,没有系裙,张着两脚,正像一个画图仪器里细脚伶仃的圆规。

你看看,鲁迅先生的小说素养就是这样好,他的小说能力就是这样强。在这一段文字里,作者先写"我",把"我"的动态交代得清清楚楚,这个相当关键。这一来,作者的书写角度就确定了,这就保证了对杨二嫂的描写就不再是客观描写,而成了"我"的主观感受。换句话说,"圆规"这个词并不属于杨二嫂,只属于"我"。——你去喊杨二嫂"圆规",她不会答应你的,她不知道"圆规"是什么,她不能知道。就是这么一个角度的转换,"圆规",这个不兼容的语词即刻就兼容了,一点痕迹都没有。是真的,鲁迅和曹雪芹,可以让我们学习一辈子。

四、分明的叫到

就小说的人物刻画而言,《故乡》写闰土和写杨二嫂的笔法其实是一样的,也是两个半圆:一个属于叙事层面,一个属于辅助层面。但是,这里头的区别非常大,非常非常大。

写女流氓杨二嫂,无论在叙事层面还是辅助层面,鲁迅是一以贯之的,也就是所谓的鲁迅式的"冷眼"。很冷。同样在辅助层面,鲁迅写闰土却是抒情的和诗意的。这一点在鲁迅的小说里极其罕见。但是,这一点尤其重要。在这里我必须要问大家一个问题,——鲁迅为什么那么不克制?他写闰土为什么要那么抒情?他写闰土为什么要那么诗意?

要回答这个问题,我们就必须回到刚才。在讲杨二嫂的时候,我说过一句话,鲁迅眼里的劣根性可以分成两个部分:强的部分是流氓性,弱的部分则是奴隶性,简称奴性。可以这样说,作为象征主义小说,在小说的大局方面,鲁迅是极为精心的,有他的设计。千万不要以为鲁迅写小说是随手的,他的小说写得好只因为他是一个"天才",属于"妙手偶得",不是这样。在过去的几十年里头,中国文坛有一个不好的东西,一说起作家的"思考"就觉得可笑,这就很悲哀。作家怎么可以不思考呢?思考是人类最为重要的精神活动之一,是精神上的本能,它的作用不能说比感受力、想象力重要,至少也不在感受力、想象力之下。没有思考能力,可以慢慢地培养,慢慢地训练,但是,我们不能主动放弃。作家主动放弃思考能力是危险的,最终,你只能从众、随大流、人云亦云,成为一个鲁迅所痛恨的、面目可憎的"帮闲"。

回到《故乡》。在《故乡》里头,呈现流氓性的当然是圆规;而呈现奴性的呢?自然是闰土。问题来了,写杨二嫂,鲁迅是顺着写的,一切都符合逻辑。写闰土呢?鲁迅却是反着写的。我们先来看鲁迅是如何反着写的——

在辅助层面,鲁迅着力描绘了一个东西,那就是少年的"我"和少年的"闰土"之间的关系。我把这种关系叫做自然性,人与人的自然性。它太美好了。在这里,鲁迅的笔调是抒情的、诗意的,这些文字就像泰坦尼克号,在海洋里任意驰骋。我必须补充一句,在"我"和"闰土"自然性的关系里头,"我"是弱势的,而"闰土"则要强势得多,这一点大家千万不要忽略。

但是,刚刚来到叙事层面,鲁迅刚刚完成了对闰土的外貌描写,戏剧性即刻就出现了,几乎没有过渡,鲁迅先生写道:

他(闰土)站住了,脸上现出欢喜和凄凉的神情;动着嘴唇，却没有作声。他的态度终于恭敬起来了，分明的叫到：

"老爷！……"

人与人的自然性戛然而止。一声"老爷"，是阶级性。它就是海洋里的冰山，它挡在泰坦尼克的面前。泰坦尼克号，也就是鲁迅的抒情与诗意，一头就冲着冰山撞上去了，什么都没能挡住。注意，我刚刚提醒过大家，是弱势的"我"成了"老爷"，而强势的"闰土"到底做上了奴才。鲁迅在这些细微的地方做得格外好，大作家的大思想都是从细微处体现出来的，而不是相反。

鲁迅先生为什么一反常态，要抒情？要诗意？他的用意一目了然了。在这里，所有的抒情和所有的诗意都在为小说的内部积蓄能量，在提速，就是为了撞击"老爷"那座冰山。这个撞击太悲伤了、太寒冷了，是文明的大灾难和大事故。在这里，我有六点需要补充——

第一，奴性不是天然的，它是奴役的一个结果。从闰土的身上我们可以清晰地看到这一点。但是，我刚才说了，杨二嫂是顺着写的，一切都非常符合逻辑，闰土呢？在他的天然性和奴性之间却没有过渡，存在着一个巨大的黑洞。这个黑洞里全部的内容，就是闰土如何被奴役、被异化的。——鲁迅为什么反而没有写？这一点非常值得我们思考？它其实是不需要写的。为什么？因为每个人都知道黑洞里的内容。小说家鲁迅的价值并不在于他说出了人人都不知道的东西，而是说出了大家都知道、但谁也不肯说的东西！但是，这句话怎么说呢？这就是小说的修辞问题了,就存在一个写法的问题了。在《故乡》里头,鲁迅选择的是抒情与诗意。这也是必然的,小说一旦失去了对闰土自然性的描绘,鲁迅就无法体现"奴性是奴役的结果"这个基本的思想。

康德在总结启蒙运动的时候说过一句极为重要的一句话,什么是启蒙? 就是"勇敢地使用你的理性"。我说实话,读大学的时候我其实不懂这句话,使用理性为什么要"勇敢地"? 大学毕业之后,我从鲁迅那里多少知道了一些。我只想说,使用理性从来都不是一件容易的事情。在今天,我想这样告诉我自己:理性能力强不强其实不重要,重要的是,我有没有"勇敢地"去使用我的理性。

第二,在闰土叫"我"老爷的过程中,什么都没有发生。也就是说,在闰土身上所发生的一切,都是非胁迫性的,它发自闰土的内心。也可以说,是闰土内心的自我需求。在小说的进程里,这座冰山本来并不存在,但是,刹那间,闰土就把那座冰山从他的内心搬进了现实,闰土的搬运的速度之快甚至是迅雷不及掩耳的,"我"都来不及左转舵和右转舵。为什么? 那是闰土的本能,那是一个奴才的本能。

鲁迅狠哪,鲁迅狠。这个小说家的力量无与伦比。在讨论莫泊桑《项链》的时候,我说过一句话:"我喜欢'心慈手狠'的作家,鲁迅就是这样。"因为嗅觉好,更因为耐力好、韧性足,鲁迅追踪的能力特别强,他会贴着你、盯住你,跑到你跑不动为止。然后,不是用标枪,而是掏出他的"匕首"。——这才是鲁迅。

老实说,许多人受不了鲁迅,乃至痛恨鲁迅,不是没有道理的。从师承上说,鲁迅也有他的老师,那就是陀思妥耶夫斯基。他们都有一个特点,都喜欢"拷"。在"拷"的过程中,不给你留有任何余地。——鲁迅到底安排"我母亲"出现了。"我母亲"告诉闰土,"不要这样客气""还是照旧(自然关系)",闰土是怎么做的?闰土在第一时间做了自我检讨。闰土说:"那时是孩子,不懂事。"这才是闰土内心的真实。不能说"闰土们"的内心没有理性,有的。这个理性就是奴性需求,在这个地方又有两点很有意思:一、我们来看看奴性需求的表述方式:自我检讨;二、我们来看看自我检讨的内容或者说智慧:"过去不懂事。"现在,我们都看到了,无论鲁迅对闰土抱有怎样的同情,他都不会给闰土留下哪怕一丁点的余地的。这个作家就是这样,喜欢揭老底,不管你疼还是不疼。读者喜不喜欢这样的风格?这个我不好说,我只能告诉大家,鲁迅是把这种小说风格发挥到极端的一个小说家。

接下来的问题是,什么是"懂事"?答案很清晰,"懂事"就是喊"老爷",就是选择做奴才,——做"做稳了"的奴才,或者说,做"做不稳"的奴才。在鲁迅的眼里,奴役的文化最为黑暗的地方就在这里:它不只是让你做奴才,而是让你心甘情愿地、自觉地选择做奴才,就像鲁迅描写闰土的表情时所说的那样。鲁迅是怎么描写闰土的表情的?——对,又"欢喜"又"凄凉"。这两个词用得太绝了,是两颗子弹,个个都是十环。可以说是神来之笔。这两个词就是奴才的两只瞳孔:欢喜,凄凉。

伟大的作家有他的硬性标志,他的伟大伴随着读者的年纪,你在每一个年龄阶段都能从他那里获得新的发现,鲁迅就是这样的作家。

第三,五四那一代知识分子,或者说作家,有两个基本的命题:反帝、反封建。这个所有人都知道,也没有任何疑问。不过我想指出,在大部分作家的眼里,反帝是第一位的,是政治诉求的出发点,这个也可以理解,民族存亡毕竟是大事。鲁迅则稍有区别,他反帝,但反封建才是第一位的。反封建一直是鲁迅政治诉求和精神诉求的出发点。为什么?因为封建制度在"吃人"——它不让人做人,它逼着人心甘情愿地去做奴才。

第四,在变革中国的大潮中,五四一代的知识分子,或者说作家,在阶级批判的时候,大家都有一个基本的道德选择,那就是站到被侮辱与被损害的那一头,他们在批判"统治者"。这是对的。毫无疑问,鲁迅也批判统治阶级,但是,有一件事情鲁迅一刻也没有放弃,甚至于做得更多,那就是批判"被统治者"、反思"被侮辱"的与"被损害"的。鲁迅的批判极其另类。他的所谓的"国民性",所针对的主体恰恰是"被统治者"。在现代文学史上,这是鲁迅和其他作家区别最大的地方。从这一个意义上说,仅仅把鲁迅界定为伟大的"战士"是极不准确的,在我的眼里,他首先是一位伟大的启蒙者。当绝大部分的知识分子、绝大部分作家都在界定"敌人是谁"的时候,鲁迅先生十分冷静地问了一句:"我是谁?"在鲁迅看来,"我是谁"的意义远远超出了"敌人是谁"。其实,一部《呐喊》,它的潜台词就是这样的一个问题:我是谁?

第五,我不得不说情感。在阶级批判和社会批判的过程中,伴随着道德选择,无论是知识分子还是作家,尤其是作家,必然伴随着一个情感倾向和情感选择的问题。某种程度上说,中国现代文学就是抒情的文学,中国现代文学就是向大众"示爱的文学"。鲁迅爱,但鲁迅是唯一一个"不肯示爱"的那个作家。先生是知道的,他不能去示爱。一旦示爱,他将失去他"另类批判"的勇气与效果。所以,鲁迅极为克制,鲁迅非常冷。这就是我所理解的"鲁迅的克制"与"鲁迅的冷"。

第六,接下来的问题必然是价值认同的问题。和知识分子比较起来,在道德选择和情感选择的过程中,作家非常容易出现一个误判——价值与真理都在被压迫者的那一边。在这个问题上,鲁迅体现出了极大的勇气。他没有从众。他的小说在告诉我们,不是这样的。价值与真理"不一定"在民众的那一边,虽然它同样"也不一定"在统治者那一边。鲁迅在告诉我们,就一对对抗的阶级而言,价值与真理绝不是非此即彼的关系。

我一点也不指望现代文学的专家同意我的看法,更不担心朋友们的质疑,——我想说,一部中国的现代文学史,其实是由两个部分组成的:一个部分是鲁迅,一个部分是鲁迅之外的作家。在我的眼里,鲁迅和他同时代的作家,同质的部分是有的,但是,异质的部分更多。

——我还想说,即使在今天,当然包括我自己,我们的文学在思想上都远远没有抵达鲁迅的高度。

五、碗碟。香炉和烛台

我只能说，鲁迅先生太会写小说了，家都搬了，一家人都上路了，小说其实也就结束了。就在"没有小说"的地方，鲁迅来了一个回头望月。通过回望，他补强了小说的两位主人公，也就是"故乡"的两类人：强势的、聪明的、做稳了奴隶的流氓；迂讷的、蠢笨的、没有做稳奴隶的奴才。

通过"我"母亲的追溯，我们知道了，一直惦记着"我"家家当的"圆规"终于干了两件事：一、明抢，抢东西；二、告密，告谁的密？告闰土的密。——她在灰堆里头发现了一些碗碟，硬说是闰土干的。那十几个碗碟究竟是被谁埋起来的？是"圆规"干的还是闰土干的？那就不好说了。我只想说，一个短篇，如此圆满，还能留下这样一个悬念，实在是回味无穷的。

这一笔还有一个好处，它使人物关系变得更加紧凑，结实了。在《故乡》里头，人物关系都是有关联的，甚至是相对应的，"我"和母亲，闰土和母亲，少年"我"和少年闰土，成年"我"和成年闰土，母亲和杨二嫂，"我"和杨二嫂，再加上一个宏儿和水生。可是，有两个人物始终没有照应起来，那就是杨二嫂和闰土。他们的关系是重要的，他们就是人民与人民的关系。很不幸，他们的关系是通过杨二嫂的告密而建立起来的，可见人民与人民并不是当然的朋友。他们的关系要比我们想象得还要复杂、还要深邃。我个人以为，这样的关系是一个象征，它象征着人民与人民在共同利益面前的基本态度。

同样是一个象征的还有闰土所索要的器物,那就是香炉和烛台。香炉和烛台是一个中介,是偶像与崇拜者之间的中介。它们充分表明了闰土"没有做稳奴隶"的身份,为了早一点"做稳",他还要麻木下去,他还要跪拜下去。无论作者因为"听将令"给我们这些读者留下了怎样一个光明的、充满希望的尾巴,那个渐渐远离的"故乡"大抵上只能如此。

谢谢各位的耐心,谢谢各位的宽容,请朋友们批评指正!

2015年12月9日于鲁迅文学院高研班

沿着圆圈的内侧,从胜利走向胜利

——读鲁迅先生《阿 Q 正传》

一、小说的体制常识

我们先来谈一点小说体制的常识。《阿 Q 正传》是作为连载小说首发的,1921 年 12 月 4 日至 1922 年 2 月 12 日连载于《晨报》副刊,约 3.3 万字。依照我们当代小说的体制标准,3 万字以下的叫短篇小说,13 万字以上的叫长篇小说,3 万字到 13 万字之间的当然是中篇小说。然而,从文学史的角度来看,这个"当然"却并不当然。——如果我们的手头有一本《阿 Q 正传》最早的单行本,我们会发现,《阿 Q 正传》标明的是"长篇小说"。"长篇小说"这个称呼明白无误地告诉我们,在鲁迅的时代,"中篇小说"这个概念尚不存在。事实上,在世界范围内,"中篇小说"这个说法也几乎不存在。以英语世界为例,小说,也叫虚构,它是 Fiction,往下分,短篇小说叫 Short story,长篇小说则叫 Novel。Long- short story 则是一个很不规范的说法,勉强可以翻译成中篇小说。事实上,西方的从业人员几乎不怎么使用 Long-short story 这个概念,喜欢读英语小说的同学可以到图书馆去查一查,你们会发现,许多当代中国的中篇小说翻译成英语之后,封面上标注的都是 Novel,其他的语种所使用的,也都是和 Novel 相对应的那个概念。

中国的当代文学可以自豪一下:让中篇小说合法化、使中篇小说提升到一个新高度的,正是中国的当代文学。中国的当代文学有一个显性标志:期刊的发展特别地迅猛,数量巨大,这里头就包括大型的双月刊。可以这样说,从 20 世纪 70 年代末期算起,没有一个国家的文学期刊在数量上能够比得上中国。那么多的月刊、双月刊,靠什么去填满它们呢?中篇小说就这样应运而生了。中篇小说的发展和壮大,构成了中国当代文学另一个显性的标志。

文学史告诉我们,鲁迅是现代白话小说的奠基人。如果我们往细里说,鲁迅不仅是现代汉语短篇小说的肇始者,也是现代汉语中篇小说的开山人。中国的"中篇小说"就是从《阿Q正传》起步的,是《阿Q正传》为中国文学提供了"中篇小说"的体制模式,或者说美学范式。毫无疑问,《阿Q正传》拥有史学的和美学的双重地位。

二、小脚和小腿

我首先来谈谈《阿Q正传》的序。这个序很有意思,这个

"意思"就在它的隐喻性。

要给一个人做传,三大件必须要满足,也就是小说里所说的"某,字某,某地人也"。鲁迅想给阿Q写传,阿Q同样必须满足这三大件。然而,经过鲁迅先生的一番考证,情况很不妙,"阿Q"这个人物出现了三个反向的特点:无姓,无名,无籍贯。

大家想过没有,鲁迅为什么要把阿Q写成一个三无产品呢?

去年秋天我在这里讲过大先生的《故乡》,当时我就说过,鲁迅的情怀是巨大的,落实到小说上,那就是贪大,鲁迅是一个贪大的作家。事实上,就本质而言,鲁迅并不是一个小说家,而是一个思想上的革新者。在鲁迅的眼里,小说算个什么东西呢?我再强调一遍,在鲁迅的时代,小说和小说家都没有取得今天的地位,很不入流。鲁迅先生可是放下了身段才"做起小说"来的,他写小说其实就是"下海"。是什么逼着大先生放下身段的呢?是启蒙。大先生是一个渴望着面对整个民族呐喊的公共知识分子,这样的知识分子就不能待在象牙塔里,就不能太有"身段",所以,第一,他"白话"了;第二,他"做起小说"来了。启蒙才是鲁迅的真使命。

《阿Q正传》写于1921年。我们都知道,1921年的中国充满了焦虑。从1840年算起,这焦虑已经持续了80年。在80年的时段里,关于中国,最重要的一个词就是"侮辱"。那么,中国如何才能御侮呢?许许多多的中国知识分子都在面对这个问题,这是一个具体的问题,更是一个迫切的问题。可以这样说,一部《阿Q正传》，其实就是一部关于"侮辱"的小说，骨子里也是一部关于"御侮"的小说。附带说一句，有一个问题我们必须考虑进去，还是关于侮辱的，——昨天我还是大爷，一觉醒来我怎么就成了孙子了？这是一个巨大的反差，当时的中国就处在这样的一个反差里头。关于"爷"和"孙子"，我先放在这里，我在后面再说。

极端一点说，一部中国的近代思想史，某种程度上就是方法论的历史——御侮的方法论。换言之，中国该做些什么？中国能做些什么？不同的人给出了不同的答案和不同的侧重：师夷、体用、洋务、实业、科学、废科举、共和、解放生产力，头绪很多。在"解放生产力"这个问题上，康有为和梁启超是了不起的，他们睿智的双眼盯住了一样东西——中国女人的三寸金莲。他们发现，中国女性的"三寸金莲"一旦变成"解放脚"，女性立马就可以变成生产力，换言之，中国的生产力就可以提升一倍，中国的GDP也许就可以提升一倍。—— 对中国的命运来说，如何御侮，女性的双脚才是真正的"内需"。

可是，1924年，鲁迅却拉出了一个特殊的女人，她叫祥林嫂。关于祥林嫂，鲁迅在《祝福》里是这么说的：她"整天的做"，"简直抵得过一个男子"。在这两句话的前面鲁迅还有一句话，叫"手脚都壮大"。祥林嫂"手脚都壮大"这句话很醒目，很有意味。请注意，祥林嫂不是小脚。可是，大脚的祥林嫂只有一个结局——冻死骨。鲁迅告诉我们：大脚的奴才和小脚的奴才不可能有任何区别。所以，"小脚"的问题固然重要，"小腿"的问题却更重要。在这个问题上,鲁迅比康、梁前行了一大步。

私底下,我一直把鲁迅的哲学命名为"小腿的哲学"——你到底是跪着的还是站着的。鲁迅的一生其实就是为"小腿"的站立而努力的一生。那么,鲁迅又是如何去看待御侮的呢?这就有点得罪人了,鲁迅认为,只要"小腿"是跪着的,"洋奴"和"家奴"也没有区别。这句话狠哪,狠到骨子里去了,他道出了御侮本质——先做"人",先不做奴才,然后,我们才有资格谈御侮。

所以,关于御侮,鲁迅的态度十分明确,他着眼的不是方法论——不是师夷、体用和洋务,而是世界观——我们要不要做奴才。鲁迅为什么如此在意世界观呢?因为鲁迅有"故乡",因为鲁迅太熟悉"故乡"的闰土和闰土们了。闰土和闰土们在精神上有一个特点:他们渴望做"奴才",在奴性文化的驱动下,他们的内心有一种"奴性的自觉"。这个发现让鲁迅产生了无限的大苍凉。请注意,鲁迅发表《故乡》是1921年的1月,发表《阿Q正传》是1921年的12月,是同一年的一头一尾。作为一个写作多年的人,我很想说一件事,那就是写作的惯性,这个惯性也就是作品与作品之间的逻辑性。我常说,小说不是逻辑,但是,小说与小说之间有逻辑。这个特有的逻辑就是作家的价值体系,一个作家最宝贵的东西就在这里。总体上说,鲁迅写《故乡》的时候对"奴性的自觉"还保留那么一点情面,但是,他觉得不够,太含蓄,太优雅,他意犹未尽,他想撕破脸皮、酣畅淋漓地来个"大的"。我估计鲁迅写《阿Q正传》的时候铆足了劲。我这样说是有依据的,在鲁迅的小说写作史上,《阿Q正传》的篇幅最长、场面最大、人物众多,最关键的是,气足、手稳,那是一个小说家的巅峰状态。面对"大多数",甚至是"全部",鲁迅鼓足了决绝的勇气,迸发了全部的才华,他骁勇无比。不做奴才的鲁迅很"大"、很"彪悍";他以"大"对大,以"彪悍"对麻木,内心无比地恢宏。对奴才,他"一个也不宽恕"。作为读者,我想说,写《阿Q正传》的时候,鲁迅的心是覆盖的和碾压的,气吞万里如虎。

我敢武断地说,鲁迅压根就没想给"阿Q"好好地取一个"像样的"中文姓名,为此,这个惜墨如金的作家为了"三大件",不惜写了那么长的一段序。就小说的结构而言,这个序的长度是不合适的,但是,很必要。只有有了这个序,阿Q的"三无"身份才能够合理。——鲁迅根本就不想让阿Q有"姓"、根本就不想让阿Q有"名"、根本就不想让阿Q有"籍贯",由是,鲁迅保证了阿Q的抽象性。阿Q是"大多数",甚至是"全部",他是无所不在的。鲁迅需要这个。

反过来想一想,如果我们让阿Q叫"赵国富"或者"赵国强",这有趣吗?很无趣,很无聊。虽说"赵国强"更具象。

抽象不只是哲学的事情,也是小说的事情。抽象即涵盖,抽象性即整体性。

三、伦理和肿瘤

鲁迅一共动用了两个章节来描述阿Q的"行状",也就是第二章《优胜记略》和第三章《续优胜记略》。

阿Q的"行状"各异,但是,有一点是相同的:他受尽了侮辱。可是,无论遭到怎样的侮辱,最后的胜利者却永远都是阿Q。所以,阿Q也是御侮的,这就是所谓的"精神胜利法"。所以,阿Q的"行状"其实就是这样的一个等式:

$$行状 = 侮辱 + 御侮$$

我现在就想对具体的"行状"做一点分析,我们一个一个看过去。

第一,阿Q因为头上的癞疮疤和他人发生了口角,被人打了,——他用"儿子打老子"取得了胜利。

第二,正因为"儿子打老子",阿Q占了人家的便宜,人家不答应,阿Q又被别人暴搓了一顿,——他用"第一个"敢于自轻自贱的"状元"完胜了对方。

第三,阿Q在赌场上赢了钱,不明就里就遭到了狂殴,钱没了,——阿Q用自残的办法取得了安慰。

补充一句,这三次的对手既是模糊的,也是具体的,他们是身份不明的"闲人"。

到了第三章,也就是《续优胜记略》,鲁迅描写了阿Q另外的三次行状:

第四，阿Q被王胡打了。

第五，阿Q被假洋鬼子打了。

第六，阿Q被小尼姑骂了。

鲁迅总共描绘了阿Q的六次受辱，也就是六次御侮。现在我有一个问题，鲁迅为什么要把它们分成两章呢？仅仅是为了篇幅上的平衡吗？写成一章可不可以？我的回答是：不可以。这不是一个篇幅上的平衡问题。

我们回过头来，先来看《优胜记略》，鲁迅写了一个人，也就是"闲人"，这些"闲人"在欺负阿Q。我们有理由把这些"闲人"看作黑恶势力。可是，到了《续优胜记略》，人物具体起来了，分别是王胡、假洋鬼子和小尼姑。我们分别看一看阿Q和他们的关系。

阿Q和王胡——

王胡的头上也有癞疮疤，这就和阿Q平起平坐了。但是，很不幸，他的脸上还有一圈络腮胡子。在阿Q看来，王胡比自己还不如。正因为王胡不如自己，阿Q开口便骂，这一骂，阿Q和王胡打了起来，最终却没能打赢。——阿Q的这次受辱，是因为他先欺负了比自己弱的人。

阿Q和假洋鬼子——

假洋鬼子是什么人呢？鲁迅说了，"钱太爷的大儿子，他先前跑上城里去进洋学堂，不知怎么又跑到东洋去了"。这句话很刁钻，它一下子就道明了假洋鬼子的两重身份：1. 富二代；2. 受到过良好的教育。假洋鬼子是一个有知识的人。作为穷人，阿Q仇视富二代我们是可以理解的,但是,他同时还仇视有知识的人——知识分子,这就匪夷所思了。阿Q对知识分子的仇恨是从哪里来的呢?鲁迅没有交代,反过来,鲁迅却交代了这种仇视的强度,这就很有意思了。我们可以把这种"不交代"或"强度"看作知识分子的原罪,阿Q必须仇视他们。阿Q的确被假洋鬼子打了,但是,注意,他侮辱假洋鬼子在先。——阿Q的这次受辱,是因为他天然地站在了知识分子的对立面。

阿Q和小尼姑——

小尼姑当然也有双重的身份:1.女性;2.异己。对待女性,对待异己分子,阿Q就更没有什么可客气的了。请大家留意一下,只有在欺负妇女和异己分子的时候,阿Q才是真正的胜利者,为什么?他有合伙人,那些曾经欺负过阿Q的"闲人"。那些"闲人"统统站在了阿Q这一边。——阿Q的这次受辱,是因为阿Q对妇女和异己分子的欺压和亵渎。

现在,问题清晰了。鲁迅为什么要把阿Q的六大"行状"分开来写呢?是因为阿Q的六大"行状"、六次受辱、六次胜利所呈现出来的性质是不同的,甚至是相反的:1.他被侮辱;2.他侮辱别人。这两件事不在同一个叙事平面上,绝对不能把它们放在同一个叙事空间里头。相对于《优胜记略》,《续优胜记略》是小说内部的一个反转,它更是小说的递进,也是小说的深入。能深入的小说才可以抵达深刻。深刻不是你读了几本康德和海德格尔,更不是你学会了写几句佶屈聱牙的长句子。深刻是深入的状态,是深入的结果。这里头全是小说家的洞察力和表现力,当然也还有勇气。

附带说一句,好小说从来不"溜冰",也就是说,好小说从来不会在同一个平面上做"花样表演"。有过写作经验的人都知道,任何一篇小说,它内部的时空非常有限,它极为宝贵,是小说的命脉。绝不能把小说的叙事时空浪费在信息的重复上。可以这样说,如果没有《续优胜记略》的那次反转,《优胜记略》充其量也就是一组油腔滑调的"小故事"。相反,由于有了这次反转,"阿Q"这个人一下子就立体了,我们不仅可以看到他"迎光"的那一面,我们还能看到他"背光"的那一面。最主要的是,我们从阿Q的两面看到了鲁迅的深刻。

话又要说回来,小说家的深刻毕竟不是哲学家的深刻,小说家的深刻更多地体现在小说的写作技术上,就《阿Q正传》而言,人物的出场就是技术,这是很讲究的,写作的人一点都不能乱。你把《续优胜记略》里的人物安排到《优胜记略》里去,小说马上就出问题,连接不上的。即使在《续优胜记略》这样一个小空间里,王胡——假洋鬼子——尼姑,这三个人物出场的次序也不能颠倒,一颠倒小说立即就会缺氧,小说即刻就会死。

那么,鲁迅深刻在哪里呢?

第一,鲁迅所描绘的阿Q在底层,如何去表现底层?一般的作家是这样做的——声情并茂地、"深刻"地揭示他的被侮辱与被损害,到此为止。大部分小说都是这样。鲁迅却直面人性,他面对了一个比底层更为重要的伦理问题,或者说精神的走向问题:一个人被侮辱、被损害了,他有可能在痛苦中涅槃,走向善良、互助和公正；也有可能正相反，变得更自私、更恶毒、更邪恶，阿Q就是这样。

这个伦理问题为什么重要？因为它牵扯到受辱之后精神上的终点，而这个精神上的终点正是御侮的逻辑新起点。

第二，鲁迅告诉我们，阿Q有他与生俱来的天敌：1.比自己弱的人；2.比自己有知识的人；3.妇女或异己分子。请注意这三种人的逻辑关系，我们可以把这三种人的出场理解成鲁迅的精心选择，我们也可以把这三种人的出场理解成鲁迅对阿Q的基本认识，我们甚至可以把它理解成鲁迅对阿Q的基本判断。这个判断让读者恐惧。这三种人何以成为阿Q的天敌？这个问题值得深思。这是一个民族的、历史性的问题。

我想说，中国的现代文学整体上是幼稚的，这个幼稚体现在一个文学逻辑上：只要你是被侮辱与被损害的，你的所作所为就拥有了天然的正义性和真理性。这是隐藏在中国现代文学内部的巨大肿瘤，非常遗憾，这个巨大的肿瘤到了中国的当代文学依然没有被切除。

很幸运，我们有鲁迅。鲁迅的存在大幅度地提升了中国现代文学的思想高度和美学品质。

四、作风问题和文化批判

刚才说了，《续优胜记略》里的小说人物是按照王胡——假洋鬼子——尼姑这个次序出场的。好吧，阿Q打不过王胡，只能到假洋鬼子那里找平衡,平衡没找到,那就去调戏小尼姑。那我们就来看看,鲁迅在描写小尼姑的同时,如何去兼顾小说的发展的。

在鲁迅的描绘中,小尼姑总共就对阿Q说了两句话,一句是"你怎么动手动脚的",属于责问,理所当然;另一句则很特别、很劲爆,是小尼姑骂人,"断子绝孙的阿Q"。

如果我们分析一下具体的人物,考虑到小尼姑的性别、年纪、身份、处境,我会说,让小尼姑说一句"阿弥陀佛"更贴切一些,让小尼姑骂一句"臭流氓"也行。如果是我来写,真的有可能这样。再怎么说,小尼姑是个小姑娘,还是出家人,总是慈悲为怀的。鲁迅让小尼姑说"断子绝孙的阿Q",就塑造人物而言,这是过分的。这已经不是骂人了,而是恶毒的诅咒,这样恶毒的诅咒和出家人的身份很不相符。

鲁迅为什么让小尼姑那样恶毒呢?

我们先来看一看小说的结尾,从小说的结尾往前面逆推。抛开小说的复杂性,就发展的脉络而言,阿Q是被当作抢劫犯而被处死的,其实是个替罪羊。为什么阿Q会成为替罪羊呢?因为阿Q有前科,他走过他乡,做过几天的盗贼——阿Q为什么要走他乡、做盗贼呢?因为他在未庄遇到了生计问题,活不下去——他为什么就活不下去了呢?因为他找不到工作。为什么他就找不到工作呢?因为没有人敢聘用他。为什么没有人敢聘用他呢?因为他的生活作风出了大问题。为什么他的生活作风出了大问题呢?因为他骚扰过吴妈,他想和吴妈"困觉"。他为什么要和吴妈困觉呢？因为他想有个孩子。他为什么想要一个孩子呢？小尼姑说了，"断子绝孙的阿Q"。

我们不需要再讨论了，答案是现成的。为了小说的发展，小尼姑不能说"臭流氓"，更不能念佛，小尼姑其实只有一句话可以讲，那就是"断子绝孙的阿Q"。我们常说，小说需要发展，可是，发展是动态，动态就必须解决驱动力的问题，小说一旦失去了驱动力，那就只能抛锚。相对于阿Q而言，"断子绝孙"这四个字就是驱动力。小尼姑"断子绝孙"这句话一出口，阿Q这台疯狂的引擎刹那间就会轰然作响，他就得飙，他风雨无阻，谁也刹不住他。

我们都是读者，读小说是顺着看的；可是，如果你想学习写，你就要学会倒着看。你只要倒着看，小说内部的秘密就会大白于天下。倒着看什么？看作品的发展脉络，也就是小说的结构，也就是作家的思路。天底下没有一样东西没有思路。大自然都有思路，科学家干的就是寻找这个思路。无论是理性的还是非理性的，它总有思路，哪怕你是普罗斯特，哪怕你是博尔赫斯，他也有他的思路。但思路和思路是有区别的，古典主义小说的思路具有线性，现代主义小说则放弃了线性。区别就在这里。在最高本质上，小说的思路只有一个，呈现人类在不同语境下的可能性和复杂性。相比较而言，思路的复杂性要高端一些，而思路的可能性则是基础。如果你写的小说在可能性上出了问题，那么，这篇小说就"不成立"。

相比较而言，《阿Q正传》的脉络并不复杂，甚至是简单的,大家都是有能力的读者,都可以把它的脉络捋清楚。但是,《阿Q正传》这部小说却不简单,它复杂在其他的地方。

阿Q和吴妈的关系就很复杂。这个复杂在脉络或字面上是看不出来的。

回到结构,整部《阿Q正传》,鲁迅采取的是圆形结构。阿Q处在圆心,在圆周上,有闲人、赵老太爷、王胡、假洋鬼子、小尼姑、小D、邹七嫂、吴妈等一干人等。我要说,写得特别好的一对关系,是阿Q和吴妈。

在整部小说里,阿Q和吴妈之间只发生了一件事,也就是阿Q想和吴妈"困觉",说白了,就是阿Q想和吴妈发生性关系。即使是为了生孩子,那也还是性关系。既然是性关系,我们就必须面对一个生理常识了:一个年轻的、健康的男人,他在什么前提之下渴望和女人发生性关系呢?进一步说,当一个男人已经决定和一个女人发生性关系的时候,他会产生什么样的条件反射呢?

性冲动,这是必然的。这是天下人都知道的一个生理常识。那么,鲁迅又是如何去描写阿Q的性冲动的呢?有趣的事情发生了,作为读者,我们看不到阿Q先生的冲动,相反,我们看到的是阿Q的礼仪,是阿Q给吴妈行大礼。我想说,在我读过的所有性描写当中,鲁迅对阿Q的性描写是最为诡异的那一个——只有身体,没有性,或者说,性是缺席的。如果我们仔细地阅读鲁迅对阿Q的心理描写,我们立即就知道,这里的性不只是缺席,它还是批判的对象。

这一段心理描写极其要紧,在摸了小尼姑的脑袋之后,阿Q的性欲望事实上已经启动了,可是,阿Q的性心理又有哪些具体的内容呢?喜感来了,是"男女之大防",是"男女授受不亲",一句话,是特殊的意识形态。这等于说,面对女人,阿Q一脚踩着油门,一脚却踩着刹车。

我们还记得阿Q临死前的一件事吗?对,他不会画押,也就是说,他连自己的名字都不会写。这说明了一件事,阿Q是一个文盲。那么,这个文盲有没有文化呢?有。太有了。阿Q很有文化,什么文化?儒文化,这是显性的。阿Q的心理,尤其是他的性心理,完全是按照儒家的那一套文化规范运行的。想想看,一个目不识丁的农民,他的性心理却自觉而严格地按照儒家文化的那一套文化机制在运行,这是多么的惊心动魄。——它就发生在阿Q的心里,已然成了阿Q的"自然文化"。这既是一个文盲内心的现实,更是一个民族历史的现实。

我们可以把这一段心理描写理解成鲁迅对本体文化的基本态度。还是把时光倒退到1921年吧,鲁迅对本体文化的基本态度具有强烈的现实性和针对性。在鲁迅的眼里,阿Q的"自然文化"也就是"本体文化"是畸形的、丑陋的、逆天理和反人类的。阿Q的"恋爱"不涉及情、不涉及爱、不涉及爱的表达、不涉及个性尊严,甚至不涉及性。它涉及的只是礼仪和荒谬,实在是令人无语。

鲁迅是直截了当的——御侮,必须从"新文化"开始,必须从"新人"开始。企图在阿Q这里寻找"方法论",让阿Q去师夷和体用，统统没用。是的，一个连"困觉"都不会的人，你还能指望他什么？

在《阿Q正传》里，鲁迅的御侮、鲁迅的启蒙、鲁迅的"白话"，都是和文化批判同步的，这也是鲁迅式的批判。这个批判来自小说最基本的技术——白描。具体地说，性描写，更具体地说，下跪。

五、杀人问题和精神本质

相对于阿Q被处决这个高潮，小说的中部有一个次高潮，也就是阿Q喝醉了，他在梦里头"造反"了。这是阿Q这一生当中最为酣畅的时刻，也可以说是他人生的巅峰。请注意，这一段并没有发生，是一个梦，是阿Q的意淫。它有点长，但是，大家耐心一点，我必须要给大家读一读：

> "这时未庄的一伙鸟男女才好笑哩，跪下叫道，'阿Q，饶命！'谁听他！第一个该死的是小D和赵太爷，还有秀才，还有假洋鬼子，……留几条吗？王胡本来还可留，但也不要了。……

> "东西，……直走进去打开箱子来：元宝，洋钱，洋纱衫，……秀才娘子的一张宁式床先搬到土谷祠，此外便摆了钱家的桌椅，——或者也就用赵家的罢。自己是不动手的了，叫小D来搬，要搬得快，搬得不快打嘴巴。……

> "赵司晨的妹子真丑。邹七嫂的女儿过几年再说。假

洋鬼子的老婆会和没有辫子的男人睡觉,吓,不是好东西!秀才的老婆是眼胞上有疤的。……吴妈长久不见了,不知道在那里,——可惜脚太大。"

这段文字激情四溢,在鲁迅的小说里,如此激情的文字并不多见。虽说是意淫,但是,这一段文字极其宝贵,怎么评价都不为过。无论以中国文学的眼光来看,还是以中国历史的眼光来看,这一段文字都具有经典的意义。从文学上说,它体现了鲁迅惊人的心理刻画能力;从史学上说,它体现了鲁迅惊人的历史概括能力,它涉及了中国农民关于造反的基本认知,也涉及了中国农民有关自我价值的终极憧憬。

这一段文字分作了三节,差不多可以看作农民造反的三大目的。我们从后往前说:1.造反就是占领性资源。2.造反就是占领物质资源。这两点可以归结为"想要什么就是什么"。3.造反就是随意杀人。这一点可以归结为"想干什么就干什么"。

有关"想要什么就是什么",这个很好理解,我们不说它。我现在要和大家讨论的是"想干什么就干什么",也就是杀人。

无论是造反前、造反中和造反后,有时候是需要杀人的,这个很好理解。必须要问的问题是,杀谁?回答则是现成的,杀敌人。

我们来盘点一下吧,来看看阿Q在"梦幻造反"当中都杀了什么人。小D、赵太爷、秀才、假洋鬼子、王胡,差不多是圆周的一半。在这五个人当中,赵太爷、秀才和假洋鬼子是"阶级敌人",当然要杀。可是,阿Q第一个要杀和最后一个要杀的人,却是小D和王胡——他们都是"自己人",阿Q为什么要杀他们呢?

说到这里我特别想聊一聊法国大革命。法国大革命有一个特色,革命者自己人杀自己人。可以说,这是自己人杀自己人的典型案例。众所周知,法国大革命是资产阶级的革命,它的目的是推翻路易国王。但是,有意思的是,这场革命的主体却是新兴资产阶级屠杀资产阶级。杀人的动机是什么?是洁癖。常识告诉我们,每一个参与革命的人的态度都是不一样的。在罗伯斯比尔看来,态度动摇的,要杀;不坚决的,要杀;不是很坚决的,要杀;不是最坚决的,要杀;动机不是最纯洁的,要杀。之后,罗伯斯庇尔自己也被杀了。这场革命成了一个永无止境的杀人游戏。

就我的阅读范围来看,对法国大革命总结得最好的那个人是一个小说家,他就是26岁的加缪。加缪的《局外人》充分地揭示了法国式洁癖的荒谬性,虽然加缪的本意也许并不在这里。——莫尔索杀了人,法庭的庭审根本不关心莫尔索为什么杀人、怎么杀人、证据是什么、证人是谁。法庭一而再,再而三地只是证明了一件事:莫尔索在"精神上"是一个杀人犯。只要证明了莫尔索在"精神上"是一个杀人犯,"道义"就可以处死莫尔索。莫尔索在临死之前拒绝了神父,正是对这种"道义"的抗议。有学者把这样的"道义"概括为"罗伯斯庇尔洁癖"。"罗伯斯庇尔洁癖"有力地支撑了存在主义的理论基础:生存即荒谬,荒谬能杀人。

显然，阿Q杀自己人和法国式的洁癖没有任何关系。那么，他为什么要杀小D和王胡呢？鲁迅在小说里头并没有交代。如果《阿Q正传》是我写的，我想我也不会交代。为什么呢？因为"造反"的历史就是这样，借用《狂人日记》里的一句话说，那是"从来如此"的。这就是鲁迅的历史观：从来如此。根本就不用交代。鲁迅以他特有的冷静告诉我们，我们要想御侮，靠阿Q的"改朝换代"，一点意义都没有。

那么，透过阿Q的杀人，我们来看看，阿Q的基本诉求或精神本质究竟是什么呢？

在讲座的开头，也就是我讲"三无"的时候，我留下了一个问题，那就是"爷"和"孙子"的问题。这是一个大问题。在阿Q的"前史"里，他本来姓赵，用他自己的话说，他"先前比你们阔多了"，也就是说，他曾经是"爷"。到了小说的叙事时空，阿Q已经彻底沦为了一个"孙子"。阿Q的精神诉求究竟是什么呢？通过"造反"，重新做回他的"爷"。这是他造反的唯一动机，既不涉及人性尊严，也不涉及社会公正。

表面上看，阿Q最为痛恨的是不公正，可事实上，阿Q最痴迷的也正是不公正。对阿Q来说，天底下唯一的公正是这样的：我是爷，你是孙子；即使我暂时做了孙子，我在精神上也依然是爷，一旦有机会，我一定要做回去。做人上人，这就是阿Q的精神本质。

在《阿Q正传》的开头，我们就看到了"儿子打老子"这句话，我们会发笑。可是，等到阿Q在梦中"造反"的时候，我们回

127

过头来看,"儿子打老子"这句话是多么的不可或缺。如果把"儿子打老子"换成"你大爷""你这狗娘养的",《阿Q正传》依然是《阿Q正传》,但是,小说前后的统一性就没有这么瓷实了。我们一定要注意好作品内在的统一性。体育运动中有一个专业名词,叫合力。合力就是力量的统一性。合力或统一性会在作品的内部产生不可思议的共振,在作品的内部形成巨大的势能。

六、禁忌和封闭系统

谈完了阿Q的精神本质之后,我想我们有机会来谈一谈"精神胜利法"了。

1984年,林兴宅先生在《鲁迅研究》上发表了一篇论文——《论阿Q性格系统》,那一年我还是一个大二的学生。就阿Q的性格,林先生创造性地使用了一个关键词:系统。我想延续"系统"这个概念,说一点别的。

我们都知道,阿Q这个人有一个最大的性格特征,或者说特异功能,那就是"精神胜利法"。这是鲁迅先生对中国文学所做出的无与伦比的贡献。老实说,鲁迅的伟大是他完成了"精神胜利法"的命名,"精神胜利法"本身却没有什么可谈的,因为它并不复杂。真正复杂的是,作为作者,鲁迅是如何在小说中去"完成"这个性格特征的?他又是如何使这种性格特征得以确立的?

就写作这个角度来说,我以为,这个问题和"精神胜利法"

本身同等重要。

我在前面说了,鲁迅写作《阿Q正传》所采用的是一个圆形结构,阿Q处在圆心,其他的人都在圆周上。如果我们仔细阅读这篇小说,我们很快就会发现,阿Q和圆周上的每一个人都是对立的。阿Q鄙视任何人,除了他自己。

大家都知道拉康有一个著名的理论,也就是镜像理论。这个理论阐述的其实是一个认知问题:一个人是如何认知自我的。在拉康看来,人类只有通过他人才能完成自我的认知。

所以,问题的关键就在这里:如何让阿Q失去"镜像",失去自我认知的参照。

我们不能说鲁迅是在镜像理论的指导下去写作《阿Q正传》的。这个说不通。但是我要说,伟大的作家完全可以通过他的写作直觉去达成某个哲学命题。

鲁迅是这么做的——

第一,先确立阿Q的禁忌。这是一个关键点。何为禁忌?1.自身的短处或弱点;2.这个短处或弱点一点都容不得他人的指涉;3.但有指涉必遭反弹。鲁迅正是抓住了阿Q热衷于反弹或热衷于抗拒这个点,一步一步地描绘了阿Q不算复杂的人际。可以这样说,鲁迅塑造阿Q性格的过程,就是交代阿Q抗拒外部世界的过程。阿Q没有一个朋友,换句话说,阿Q没有任何对话的对象和可能。

第二,在失去对话的对象和可能这个基础上,阿Q完成了他的自我封闭。整部小说,鲁迅最终完成的其实是一个系统,也就是阿Q自我封闭的系统。这是"精神胜利法"的大前提。没有这个系统，完成"精神胜利法"这个性格特征就不可能做得到。

第三，从自我封闭这个系统出发，阿Q一步一步丧失了他的现实感，也就是说，阿Q一步一步地丧失了他的认知能力，这个认知能力自然包括两大板块：1.主体的认知能力；2.客体的认知能力。

第四，两大板块的彻底丧失，唯一剩下来的是什么呢？是癔态。是我"要什么就是什么"，我"喜欢谁就是谁"。这是疯狂的、变态的、病相的，一点都不涉及理性，一点都不涉及生存的基本秩序，一切都可以脱离实证，一切都不需要现实依据。这个癔态所包含的仅仅是做大爷的心理需求和心理满足。作为一个饱受凌辱的人，什么是阿Q的心理需求？什么最能满足阿Q？当然是胜利。

从逻辑上说，胜利属于判断，是判断就涉及依据，它是实证的结果。阿Q则不需要那些。他的胜利只不过是他的"意愿"，他自己"宣布"一下就可以了。这就是"精神胜利法"。

我要说，封闭系统的确立，表示着"精神胜利法"的最终完成，表示着阿Q这一性格特征的确立。阿Q的一切"行状"，就是沿着封闭系统的内侧，注意，是内侧，是黑咕隆咚的内侧，从胜利走向胜利。

七、黑洞和愚昧

相对于《阿Q正传》这部小说而言，只是在外围完成了一个封闭系统是远远不够的，道理很简单，支撑小说的不是外围的系统，而是系统内部具体的内容。

我要说，鲁迅对封闭系统内部的描绘漂亮极了。在这个封闭系统里，阿Q做了许许多多的事情，鲁迅描绘了阿Q许许多多的行为。可是我想告诉你们，这一切都是一个表象，甚至，是一个假象。

在《阿Q正传》里，阿Q做过几天盗贼，但那是在副线上，行为也不多，毕竟他是一个小小的配角。到了主线，阿Q都做了些什么呢？不说不知道，一说吓一跳，他几乎就没有什么具体的行为。阿Q只是一个"精神的存在"，他的一切行为都被鲁迅抽空了。

事实上，在主线，阿Q总共做了三件事：1. 恋爱；2. 造反；3. 被审判。那我们就来看一看鲁迅是如何描绘阿Q的这三个具体行为的。

我们先说恋爱。常识告诉我们，恋爱是两个人的事情。但是，在小说里，阿Q的恋爱仅仅是阿Q一个人的恋爱，他和吴妈并没有建构起任何关系。在阿Q对着吴妈跪下去之前，你去问吴妈她和阿Q之间会发生什么，吴妈一定什么都不知道。照理说，一个男人，他阿Q都要想和吴妈"困觉"了，他和那个女人之间总要发生一点现实关联吧,但是,就是没有。他们之间仅有的那点关系,也就是阿Q对吴妈行了大礼。如果说,阿Q在小说的主线上还有一点"有效动态"的话,就这个了。——所谓的恋爱,完全是阿Q在封闭系统里的"心理行为"。

再说造反。阿Q到底造反了没有?一丝一毫也没有。除了阿Q在酒后有了一段关于"造反"的梦寐,在现实层面,我们没有看到任何有关阿Q造反的具体内容。他所拥有的只是念头,也就是去寻找假洋鬼子,但是,正如我前面所说的,阿Q和这个世界并没有建立起对话关系,换句话说,阿Q和假洋鬼子之间就不可能构成对话关系,再换句话说,阿Q和造反之间也根本不可能有实质性的关联。在第九章,鲁迅对阿Q被捕的描写简直是妙不可言,阿Q为什么会被捕呢?没有人知道。阿Q自己说,"因为我想造反"。请注意,这是阿Q他自己说的。——所谓的造反,仅仅是阿Q在封闭系统里再一次的"心理行为"。

最后我们再来看阿Q的被审判。这一章可以说出神入化。从表面上看,所谓的审判是审判人与阿Q之间的一问一答,可是,只要我们仔细地阅读一下,马上就发现了,所谓的一问一答完全是驴唇不对马嘴,阿Q的每一句回答都只是阿Q的一厢情愿,他和审判人之间从来就没有构成真正的有效逻辑,这次对话完全是错位的。但是,最大的不幸终于出现了,这种错位,或者说驴唇不对马嘴,最终对应的却是法律。可以这样说,是阿Q自己把自己给"说"死的,这里头有极为精彩的戏剧冲突。我想强调一下，如果审判之后相关人员好好地去取证，阿Q绝对死不了。这里头既有鲁迅对法律草菅人命的控诉，也有鲁迅对阿Q"一厢情愿"的讥讽，很复杂的。这一段文字充满了喜感，却更悲凉。这是审判人与阿Q的对话，也是悲和喜的对话，也是生和死的对话，更是现实世界和封闭系统的对话。所谓的审判，完全是阿Q在这个封闭系统里又一次的"心理行为"。

在整部《阿Q正传》当中，阿Q活灵活现的，到处都是他的行为，都有点闹腾了，可是，都是假的。如果我们尊重文本，我们就必须承认，阿Q的"有效行为"微乎其微，少得不能再少了。让一个没什么具体行为的人物生动起来、确立起来，这个太难写了。作为一个小说人物，阿Q的一切都始于心机，一切又都止于心机，他就是一个黑洞，是空的。简言之，他这一辈子其实是白活了，和没活并没有什么两样。所以啊，阿Q在临死之前是必须要画那个圈的。这是一个深不见底的枯井，更是一个巨大的隐喻。

就这么一个黑洞而言，我想说，《阿Q正传》这部小说的写作难度远远超出了我们的预估。作为一个写小说的人，我只能叹服，鲁迅写小说的能力无与伦比。别忘了，这一切都是在"写实"的名义之下完成的。说到这里我想大家已经明白了，鲁迅从来都不是一个现实主义作家，从写小说的第一天起，他就是一个现代主义作家。多种不同的文学史书上都说鲁迅是"伟大的现实主义作家"，我完全不能同意。我当然也不指望别人来同意我。有一组概念我们是绝对不能混淆的，鲁迅所拥有的是

"写实能力",鲁迅所拥有的是"现实精神",鲁迅所拥有的是"现实情怀",但是,就小说美学的范畴而言,他真的不是"现实主义"作家。

利用最后的时间我再来说一件小事,那就是阿Q的愚蠢。不少学者认为,阿Q是愚蠢的,我一点也不同意。阿Q可不愚蠢。如果我们仔细研读《阿Q正传》,很快就会发现,阿Q不仅不愚蠢,相反,他偏于精明。为了塑造好阿Q这个人物形象,鲁迅用得最多的手法正是心理描写。这一点大家一定要多留意。阿Q的心很深,他很能盘算的。祥林嫂是既愚昧也愚蠢,阿Q是只愚昧不愚蠢。愚蠢的人愚昧,精明的人也愚昧,这是鲁迅要告诉我们的——愚昧不除,御侮就不易。

《阿Q正传》很不好讲,老实说,我的能力真的不够,一点感受而已。好在有能力讲这篇小说的老师很多,你们就拿我的演讲当作一点补充吧。一家之言,谬误之处敬请老师和同学们指正。

2016年11月10日于南京大学

刀光与剑影之间

——读海明威的短篇小说《杀手》

《杀手》很著名。解读《杀手》的文章非常多。我一点也不可能比别人更高明。能不能谈得好呢？我也不知道，那就试试吧。为了把这个问题谈好，我们先来说一点小说的常识。

一、主语、代词与冰山

小说是写人的，这就决定了一件事，——在小说的陈述句里，陈述句的主语绝大部分都是人物的名字。这个是很好理解的。但是，太多的人名会让小说的陈述不堪重负，小说也会显得特别傻。所以呢，代词出现了，也就是他，她，他们，她们。是代词让小说的陈述变得身轻如燕的。

但代词也有它天然的缺陷，那就是代词的不确定性。如果人物超过了一个，你在使用的时候又过于随意，问题来了，那个"他"到底是谁呢？千万不要小瞧了这个"他"，许多写小说的其实都不会使用，这里头甚至还包括一些"著名"的作家。举一个例子吧,在一个段落里头,作者描写了两三个男人,到了下一个段落的第一句话,作者突然冒出一个"他"来,——这对我们读者来说简直就是灾难,"他"是张三？李四还是王二？这就需要我们慢慢地读下去,回过头来再去找。这是一份额外的附带,同时也是一份没有任何美学价值的负担。

代词就是代词,它必须有所指代。如果指代不清晰,读者根本就搞不清你的指代到底是什么人,小说的人物在读者的眼里就会漂移,最终失去了独立的身份。

为什么要说这个呢？就因为我们要说海明威了。海明威的小说有一个特点,喜欢对话,这个我们都知道。海明威的小说还有另外的一个特点,简洁,能省则省。如果把这两个问题合而为一,我们很快就会发现,在海明威的小说里头,对话往往没有名字,就是对话本身。我想说,这是海明威的伎俩,读他的短篇小说你是不能一目十行的,他想拖住你。你要是读得太快,你就搞不清哪句话是哪个人说的了。

对了,海明威还有一个十分重要的理论,也就是我们都知道的"冰山理论"。他说,他的小说像"冰山",他往往只写了"八分之一",其余的"八分之七"呢,都在"水下"。我想告诉你们的是,海明威是一个爱虚荣的家伙,海明威也是一个喜欢夸张的家伙,他在体能和智力上都很自负,他喜欢和读者较量智力,他是不可能去体谅读者的,——你要是能读明白,挺好；你要是读不明白呢？拉倒。"冰山"嘛,哪能什么都让你看得见。他就是喜欢把自己搞得特别地玄乎,这一来他似乎就特别地伟大。不要听海明威虚夸，一篇小说只写了"八分之一"，其余的"八分之七"都在"水下"，这是不可能的。诗歌可能，散文可能，小说则不太可能，小说有它的硬指标、硬任务，这是由小说的性质决定了的。当然，小说所涉及的思想或问题特别的巨大，那是另外的一个话题，这个你们懂的。任何一部好作品都有它的言外之意，都不可能只保留在字面上，从这个意义上说，海明威其实一点也不特殊。

但是，海明威毕竟又是特殊的。不能因为他喜欢夸张我们就不承认他的"冰山理论"。这是两码事。海明威的特殊性主要体现在他的刻意上，他就是喜欢把许多内容刻意地摁到"水下"去。在这一点上他做得非常棒。也正是在这一点上，海明威让自己和别的作家区分开来了。

有一句话我不得不说，海明威所谓的"八分之七"是作家特殊的表述方式，他痴迷的是惊世骇俗，不是数学，更不是统计，我们不能拿着尺子和表格去审计一个作家所说的话。关于小说，许多作家都有惊世骇俗的说法，最极端的例子要数福楼拜，他说，"小说就是通奸"。他当然可以这么说，但我们做读者的不能认为我们读小说就是"捉奸"，那就太龌龊了。

二、其中的一个。第一个

在《杀手》前半部分，也就是亨利快餐店里头，海明威总共写了五个人物。都是男人：一、阿尔；二、马克斯，——这两个是杀手。三、服务员乔治；四、厨子萨姆，——这两个是亨利快餐店的工作人员。五、顾客尼克。

我想说，如果这个短篇换一个作家去写，他会把这五个人物交代得清清楚楚的。这个一点也不难，高中生都可以做到。但是，因为作者是海明威，他放幺蛾子了。他不是喜欢写对话么？也行，对话不是有主语么？你总得交代哪句话是哪个人说的吧？海明威却不这么干了。他的对话不要说没有主语，许多时候连代词都没有。海明威也真是省到家了。

我们都有一个共识，读博尔赫斯的短篇小说有难度，那个难主要体现在叙事的风格上，我们不熟悉他那个调调。一旦熟悉了，其实也不难。其实，别看海明威的语言那么简单，他的短篇小说真的不好读。你要慢，一点一点地捋，只有这样，你才能知道海明威到底藏着怎样的深意。的确，在海明威的小说里，许多东西确实被他放在了"水下"。我的工作就是把"水下"的东西给捞出来，捞出来让给你们看一看。我们就在快餐店的部分先选择两个点：

在小说的第一行，两个杀手走进了亨利快餐厅。第二行，服务员乔治问两个杀手吃什么。就在第三行，海明威写道：

"我不知道，"其中的一个说道，"你想吃什么，阿尔？"

可是，到了第八行，海明威却是这样写的：

"我要一份加苹果酱的烤嫩猪排，还有土豆泥。"第一个人说。

问题来了。

你看看,在小说的开始,海明威只交代了一个杀手的名字,是阿尔。另一个人呢?海明威不仅没交代,反而使用了两个更加模糊不清的称谓:一个是"其中的一个",一个是"第一个人"。从读者这个角度来说,这是不可思议的。人物的名字还没有搞清楚呢,又冒出来"其中的一个"和"第一个"了,你海明威想干什么呢?稍安毋躁,这里头的名堂可多了。

我至少可以和你们谈两点。

第一,如果海明威是一个佚名的作家,需要我对他进行考证,我会得出什么判断?我会说,这是一个1895年之后才开始写作的作家。为什么?就在这短短的几句话里,海明威的小说动用了电影的语言,是电影的思维方式。

——两个杀手进入餐馆了,镜头是跟着他们的。其中的一个说话了,海明威当然要这样写:"其中的一个说。"这就是"客观视角"。

——然而,进来的不是两个吃饭的顾客,而是杀手。他们说话的语气极不正常。唯一的顾客,也就是尼克,即刻感受到了这种异样。他的注意力顿时集中在了这两个杀手的身上。在尼克的眼里,两个杀手是一前一后进来的;也有这样的可能,尼克觉得,这两个人一个是枪手,一个是帮凶,这就需要尼克去判断了。但是,不管怎么说,两个杀手在尼克的眼里有区别,"其中的一个"是"第一个"。提醒大家一句,"一个"是客观的,而"第一个"只能是主观的。这就是"主观视角"。

第二,关键的地方来了:在"其中的一个"变成"第一个"的过程中,镜头由"客观镜头"转换成了"主观镜头"。换成小说的说法,也就是"客观描写"变成了"主观描写"。

现在的问题是,海明威为什么要转换视角?秘密就在于,快餐店的环境突然变了,快餐店的氛围突然变了,顾客尼克的心理也只能跟着变。海明威在这个地方必须要对尼克的心理有所交代,但是,他所谓的"交代"一个字都没有,而是交给了称呼的改变。在这里,称呼的转换产生了一个奇妙的功能,附带着把尼克内心的变化交代出来了,尼克紧张了,尼克全神贯注了,——这些都在"水下"。我要说的是,海明威描写人物的心理非常有特点,他很少切入人物的内心,而是描写人物的外部动态,——由人物的动态出发,让读者自己去体会小说人物的心理。

在我们阅读小说的时候,最需要注意的正是这些地方。这是一个"文学的"读者该干的事情。我们必须把"读小说"和"看故事"严格地区分开来。这句话也可以这样说,小说就是小说,通俗小说就是通俗小说。

现在我们明白了,如果《杀手》这个小说不是海明威写的,它换了一个作者,《杀手》的开头很可能就是这样的:

——"尼克在快餐店里刚刚吃完一碗鸡蛋炒饭。两个诡异的男人闯了门进来了。他们一前一后,前面的那个叫马克斯,后面的那一个则是阿尔。服务员乔治走上来,问他们想吃什么。马克斯用他雪亮的目光扫了扫四周,说,不吃,附带着问了对面的阿尔,说,你呢?阿尔头都没抬,他的回答与马克斯如出一辙:不吃。尼克突然紧张起来,——什么都不吃,那你们到餐馆来干什么?来者不善哪。尼克重新把他们俩打量了一遍,他们到底是干什么来的呢?第一个进门的那个人会不会是老大?和他一起进来的那个人会不会就是他的马仔?他们两个为什么会到快餐馆来?正琢磨着呢,尼克听到马克斯说话了,马克斯也想来一份鸡蛋炒饭。"

这样写可以不可以?当然是可以的。但问题是,海明威不会这样写。这样写小说人物的内心没有阴森感,小说也会失去它的神秘性。关键是,这样写不硬气。海明威是个牛气冲天的男人他喜欢"硬气",这里头有一个立场的问题,注意,是描写的立场,不是道德的立场。在《杀手》里,海明威是站在杀人者的角度去描写的,这是海明威的一个特点,他喜欢站在更强的那一边。这是由一个作家的性格决定了的,甚至是由一个作家的身体条件决定了的。你让卡夫卡这样写,我估计卡夫卡会晕过去,我们能做的就是帮卡夫卡掐人中。

但小说有意思就有意思在这些地方,每个作家的性格不同,智商不同,感受的方式不同,健康状况不同,价值取向不同,哪怕描写的是同一件事,小说的世界也一定是气象万千的。

海明威这样写的好处在哪里呢?小说更有力。这个有力从哪里来的?简洁,简洁就是力量。举一个例子,如果有人要杀你,你问他为什么要杀?他给你解释了两个小时零二十八分钟,他给你做了一个《关于谋杀某某某的可行性的工作报告》,他还有威慑力么？没有了。反过来，他只给你两个字，"闭嘴！"那就吓人了。如果他连"闭嘴"都不说，只瞪你一眼，那就更吓人了。

我在小说的课堂上反反复复地说到简洁，这说明了一件事，简洁重要，简洁不容易。我想这样说，简洁不仅仅是一个语言上问题，它关系到一个作家的心性，一个作家的自信心。啰唆其实都是由胆怯带来的，他惧怕读者读不懂，他要解释。——判断一个小说家的能力，是否简洁是一个最好的入口。

海明威最懂得简洁的美学效果，他喜欢力量。他喜欢压迫感，也就是刀光剑影。很瘆人。我想说的是，在《杀手》里，这才刚刚开始。更加瘆人的还在后头。

三、送饭。看吃

在小说里头，尤其在短篇小说里头，"冰山"的确有它的魅力。如果你有足够的小说阅读能力，当你自己可以看到"水下"的"八分之七"的时候，你会很愉悦，同时赞叹小说艺术的伟大。

在《杀手》里头，写得最好的那个部分在哪里？我现在就读给你们听。提醒大家一下，在小说的开头，服务员乔治不是上来点单的么？现在，饭做好了，服务员乔治端着三明治走了出来。

"哪一份是你的？"他（乔治）问阿尔道。

"你记不得了？"

"火腿加鸡蛋。"

"真是个机灵鬼。"马克斯说。他欠身拿过那盘火腿鸡蛋三明治。吃饭时,两个人都戴着手套。乔治在看他们吃饭。

"你在看什么?"马克斯看着乔治说。

"没看什么。"

"还他妈的没看什么。你明明在看我。"

"马克斯,这小子也许是想开个玩笑。"阿尔说。

乔治笑了起来。

"你不必非笑不可的。"马克斯对他说,"你完全没有必要笑,明白吗?"

"没关系。"乔治说。

"看来他觉得没关系,"马克斯转向阿尔,"他觉得没关系。这话说得多好。"

(译林出版社 2012 年版,汤伟译)

这一段写得实在是好,刀光剑影,电闪雷鸣。每一次拿起海明威的短篇小说集,我都要翻一翻,就为了看这一段。虽然不同版本的翻译有些差异,但是,丝毫也不影响这一段的精彩。这一段好在哪里?我有三点要说。

第一,氛围的描写。

在这一段文字里头,海明威的环境描写太神奇了,这里头的刀光剑影足以让我们魂飞魄散。

但我的问题是,海明威在这里描写氛围了没有?没有。一个字都没有。

其实,海明威写了,都被我们的海老师放到"水下"去了。

一、生活常识告诉我们,一个做服务员的,他在客人点菜的时候一定会做笔录。这是餐厅对一个职员的基本要求;

二、即使服务员乔治没有做笔录,可是,你们别忘了,现在的客人一共只有两个,就两个。两个客人的饭菜,记忆力再差的人也不会出现任何错误。

关于以上两点,如果我们有过西方生活,对西方的餐厅有一个常识性的了解,那就更好理解了。

现在的问题是,服务员乔治一上来就问了杀手阿尔一个问题,"哪一份是你的?"这至少说明了两件事:A,乔治没有做笔录;B,乔治没有把握了。他其实是有把握的,只不过,他必须更加谨慎,千万不要出错。

这两件事同时说明了一件事,自从这两个杀手走进亨利快餐店,和顾客尼克一样,乔治表面上很镇定,一直在和两个杀手周旋,其实,他一直处在紧张之中。A,是紧张导致了他忘记做笔录了;B,是紧张导致了他不能确定只有两个客人的点单。所以,他要问。我们都知道,在正常的情况下,服务员根本不需要这么问,作家更没有理由这样写。从这个意义上说,"哪一份是你的"就是一句废话。但是,无比简洁的海明威偏偏就写了一句废话。——这个废话就不再是废话,反而高级了。这句废话就是"冰山",有太多的东西藏在"水下"了。是什么?是环境,它让人魂不守舍。

这个地方正是海明威高级的地方,年轻人可以学的也就是这些地方。什么叫学习写作？说到底，就是学习阅读。你读明白了，你自然就写出来了。阅读的能力越强，写作的能力就越强。所以我说，阅读是需要才华的，阅读的才华就是写作的才华。人家的小说好在哪里你都看不出来，你自己反而能把小说写好，这个是说不通的。阅读为什么重要？它可以帮助你建立起"好小说"的标准，尤其在你还年轻的时候。从这个意义上说，好作家不是大学教授培养起来的，是由好的中学语文老师培养起来的。我可以武断地说，每一个好作家的背后最起码有一个杰出的中学语文老师。好老师可以呈现这种好，好学生可以领悟这种好。

关于环境，或者说氛围，海明威是不可能说"气氛恐怖，乔治早就被吓傻了"这样的话的，那是乔治的个人感受，海明威不关心，那个太婆婆妈妈了。他要保证他的描写无动于衷，这样特别酷，很强硬。说海明威是作家里的第一硬汉，不是说这个作家的肌肉有多发达，也不是说这个作家的拳击有多厉害，说的就是他小说里的语风。彪悍。

但是，这样写也容易出问题，那就是藏得太深，许多内容容易被读者滑过去。不过，我刚才也说了，海明威是不关心这个的。他是大爷，你们做读者的就该"领会精神"去。

第二，身份的确定。

我在讲述视角转换的时候说了的，在顾客尼克的眼里，马克斯是"第一个人"，是更加重要的那一个人。但是，出大事了，当乔治端着饭菜过来的时候,他并没有面向马克斯,而是问了阿尔。这说明了这么?这说明在乔治的眼里,阿尔比马克斯更重要,其实也就是更可怕。

这里头有一个步步紧逼的进程。刚刚进门,杀手马克斯的举动就已经给顾客尼克造成很大的压力了,但是对不起,马克斯不是最令人害怕的。时间在一分一秒地过去,最关键的是,服务员乔治离两个杀手更近,他必须和两个杀手周旋。现在,乔治知道了,会咬的狗不叫,更加让人害怕的那个人并不是马克斯,而是阿尔。所以,乔治必须更加小心地伺候,他要保证自己不能在阿尔的面前出错。为什么?因为阿尔是一个令人窒息的杀手。

"你记不得了?"这是杀手阿尔的反问,也是杀手阿尔的高傲。杀手有杀手的记忆力。他什么都记得,他不能容忍乔治记不得,——就这么一点破事你都忘了。所以,他不可能说"我点了火腿鸡蛋",他要反问。这是揶揄的、杀人的、猫捉老鼠的心态。

——如果你们还记得,在小说的开头,两个杀手是点了单的。阿尔先点的,他点的是"火腿鸡蛋"。马克斯后点的,他点的是"培根加鸡蛋"。现在的问题是,把"火腿鸡蛋"拿过去的那个人是谁?不是阿尔,同学们不是阿尔。是马克斯。——我说出大事了,说的就是这里。阿尔太可怕了,他稳如磐石,镇定,冷酷,他在执行任务的过程中不会做错任何一个细节。出错的只能是马克斯。关于这两个杀手的身份,顾客尼克和服务员乔治分别做出了自己的判断,它们是相反的。这是小说内部的一个小小的跌宕。

不要被海明威的大肌肉和大胡子迷惑了,他是个大男人,但是,他可不是一个粗人。海明威细腻得很,不细腻是做不成小说家的。小说家要有大胸怀,但是,小说家的心必须仔细。没有足够的细腻,你八辈子也做不成一个好的小说家。这也是由小说的性质决定了的。你别指望你能像张大千一样,呼啦呼啦的,一个晚上你就可以"泼"出"千山万水"来,没有的事!小说不是这样的东西。

我常说,写小说的不可能是贵族,小说家是蓝领,干的是体力活、手工活,干的是耗心费血的活。好作家哪有那么容易?你要靠百分之九十九的心血才能把你百分之一的才华送到金字塔的塔尖。

回到小说。马克斯拿错了。这就是海明威的心理描写。关于谁的心理描写?关于杀手的心理描写——他的注意力根本不在吃上,此时此刻,对他们来说,吃什么都一样。想想吧,这对乔治会构成怎样的心理压力?

我们回过头来捋一捋:乔治是不敢出错,所以不能出错;阿尔是永远也不会出错;马克斯,作为一个帮凶,因为心思根本就不在吃上,错不错根本也就无所谓。如果我们有足够的想象力,用电影的思维把这个场景想象出来,我们感觉到了吧——

在死一样的恐怖里,在死一样的寂静里,表面上,一切都按部就班,井然有序。但是,在内里,全乱了。只有这样,才能把恐怖的氛围渲染到最大,这才能够形成小说的压力。在这些地方,小说里的每一个环节都是彼此呼应的,非常紧凑。我们常说,不会写小说的人他的作品很"散",而会写小说的呢,写得会格外"紧凑"。海明威在这些地方一点也没有让作品"散"掉,彼此都镶嵌得极为结实。好小说就是这样的,越往细看,越是魅力无穷。糟糕的小说呢?正好相反,猛一看挺好,可你不能想,一想就散架了。

但这个"紧凑"绝对不是你坐在那里苦思冥想的结果,不是。它需要一个作家惊人的直觉。直觉是小说家最为重要的才华之一,也是一个作家最为神奇的才华之一。老实说,直觉也许真的就是天生的,它很难培养。但是,如果你有一个良好的阅读习惯,能够读到普通读者读不到的东西,你的直觉会得到历练,慢慢地变得敏锐。其实,每个人都是有直觉的,只不过领域不同罢了。直觉和智商有关,但它不是智商。智商在脑壳的内部;直觉在脑壳的外部。如果你们允许我模仿海明威的说法,我想说,——直觉存在于离后脑勺三厘米之外的那个地方。

莫言说,他写小说是"不动脑子"的,许多人骂他,这也就罢了,一些批评家也跟着起哄,我就不知道说什么才好了。莫言说他"不动脑子",实在是很自豪的,我几乎浏览过莫言所有的作品,精读过的少说也有四分之一,他真的有资格说这样的话。

如果我们是眼力老到的读者,有良好的直觉,一看到马克斯拿错了盘子,我们就知道了,马克斯,他是一个配角。真正的枪手其实是阿尔。在小说里头,人物的身份就是这样确定的。同样,就因为这个小小的错误,小说风云突变,到处都是刀光剑影。

第三,进入高潮。

但是,这个拿错盘子可不是为了确定身份,它更大的作用是给小说的进程注入了能量。在确认了阿尔"第一个人"的身份之前,服务员乔治当然是紧张的,但是,到了两个杀手吃饭的时候,乔治的精神状态彻底变了,由紧张转向了魂飞魄散。小说就此进入了高潮。

这个高潮是由一句话带来的,"乔治在看他们吃饭"。这句话很普通,是极为家常的一句话,其实这句话一点也不普通、一点也不家常。这句话吊人胃口啊,——你们想想看,一个服务员,他好端端地怎么可能看客人吃饭?这也太二百五了,任何一个脑子正常的服务员也做不出这样的事情来。但事实是,乔治在"看",更接近真相的事实是,乔治愣住了,最接近真相的事实是,乔治吓傻了。

换了你你也会傻在那里——

一、就在你的眼皮底下,两个客人把他们的饭吃颠倒了,马克斯吃的是阿尔的,阿尔吃的是马克斯的。最要命的是,阿尔明明知道自己吃错了,但是,他将错就错。这个将错就错不是错,他表明了阿尔具有极强的目的性,绝不会节外生枝。这太异态、太诡异了;

二、就在你的眼皮底下,两个客人吃饭的时候都"戴着手套",这就更异态、更诡异了。

这就是乔治的现实处境。他只能"看"客人吃饭。

"你在看什么?"马克斯看着乔治说。

"没看什么。"(乔治说)

"还他妈得没看什么,你明明在看我。"(马克斯说)

请注意,小说到了这里其实已经是千钧一发了,随时都有失控的可能性。从理论上说,下一句话该轮到乔治了,可是,乔治能说什么? 他什么都不敢说。我们做读者的只能焦虑,只能等,等着听一听乔治到底说了什么。但是我们做读者的根本就不用焦虑,有人掌控着全局,他不会让事态失控,他是阿尔,真正的"第一个人"。他说话了:

"马克斯,这小子(乔治)也许是想开个玩笑。"

这句话真真实实地替乔治解了围。一个已经被逼到死角的人只有一件事可以做,不是说话,是笑。生活常识告诉我们,这种笑叫赔笑,或者说叫傻笑,它和喜悦一点都沾不上边。我想问问你们,这样的笑容好看么? 不好看。比屎还难看。海明威说乔治的笑脸难看了么? 没有。可是,海明威真的说了,他是通过马克斯的嘴说出来的:

"你(乔治)不必非笑不可的,你完全没有必要笑,明白吗?"(马克斯说)

这句话太棒了。在这个地方我忍不住要说一说翻译。我说过,海明威的译本比较多,我读过许多不同的译本。比较下来,我个人很偏爱译林出版社汤伟的译本。我不懂英语,但是,从汉语这个角度来说,汤伟汉语的语感特别好。汤伟这个翻译家我不认识,哪一天见到他,我要当面告诉他,我喜欢他的翻译。在英译汉这个领域,我很期待他。这一段译得非常出彩,太紧张了,太铁血了。是高潮特有的氛围。马克斯的这句话话毫无逻辑可言,戏耍、轻蔑、冷酷。最出彩的要数这一句,——"你完全没有必要笑。"在英语里头,这句话是怎样的我不知道,但是,在汉语里,这句话很考验一个翻译家汉语的"造句"能力。什么是"必要的"笑?什么是"不必要的"笑?太无厘头了,蛮不讲理,像飞来的横祸,毫无出处,它横空而来。我很赞赏汤伟这样的笔调。

这一段很经典。是标准的、短篇小说的笔法。在这里我需要补充一句,如果是长篇小说,这样写并不一定好,甚至可以说,很糟糕。长篇有长篇的大结构,你让读者消耗在这些过于细微的地方,那真的不是一个好主意。如果说,《红楼梦》作为长篇小说有什么问题,问题就在这里,它太精微了,它太耗人了。可以这样说,读《红楼梦》如果你只读过一遍,和没读也没什么两样。

四、两个杀手,一只鹦鹉

海明威是一个喜欢描写对话的作家,说到《杀手》里的对话,我们就不得不说一个海明威对话的一个特征,那就是重复。如果我们是第一次阅读《杀手》,我们会被对话的重复弄得厌倦。而实际上,《杀手》的对话是非常有特色的。

首先我们要面对一个问题,海明威为什么要重复?重复有可能导致两种后果,一、啰唆;二、强硬。我们几乎不用思考,海明威的小说不可能啰唆,他唯一在意的只是小说的强硬。

我们先来看杀手阿尔对服务员乔治的一段对话,也就是吃饭之前点"喝的"。

"有喝的吗?"阿尔问道。

"银啤、拜沃、干姜水。"乔治说。

"我是说你们有喝的吗?"

对杀手阿尔来说,只有"烈酒"才能算"喝的",啤酒都不算。但他偏偏不对乔治解释,这是他霸道的地方,咄咄逼人的地方。发现了吧,阿尔的重复绝不只是啰唆,而是另一种简洁,是概念的简洁,能不用新概念就坚决不用。——人家是来杀人的,又不是求职,更不是相亲,没必要把什么都说明白。说不明白你也要懂。我说的话你怎么可以不懂?你必须懂。在《杀手》里头,出现了许多这样的重复,我想说,这样的重复我们是可以接受的。它毕竟是塑造杀手这个人物形象所需要的,杀手怎么可能好好说话。

但是同学们,我为什么要说"这样的重复我们是可以接受"呢?想一想,我真正想表达的意思是什么?

我真正想表达的意思是,《杀手》里头一共出现了两个杀手,阿尔和马克斯。他们都喜欢重复。尤其是,他们两个还彼此重复。这就很难让人接受了。《杀手》的对话重复得太厉害了。海明威意识不到么?他为什么还要这样?

要解决这个问题,我们必须回到人物的性格。从字面上看,海明威对阿尔和马克斯的描写都差不多,个头、衣着、说话的语气,包括性格,这两个是类似的,所用的笔墨差不多也是五五开。

我们先说这样写的好处。两个杀人者,你一句,我一句,他们在不停地重复,他们的话都很重,在他们的重复中,形成了一种无形的追击效果。一句压着一句,会让整个小说的氛围越来越压抑。

我们再说这样写的坏处。你海明威把两个杀人犯写得一模一样,小说人物的独特性哪里去了?要知道,完全雷同的形象和性格,是小说的大忌讳。我的问题是,海明威为什么就要犯这样的忌讳?

为了把这个问题说清楚,我们必须再做细致的分析。我们一个一个地来。我们先来看阿尔这个人物,看看海明威是如何描写阿尔的。

阿尔老到,镇定,经验丰富,目中无人。出于课堂的需要,对不起了,我只能把《杀手》做一次肢解,这样的肢解很不科学,海明威是不可能这样去构架小说的,没有一个作家会这样去构架小说。但是,这样的肢解有助于我们的理解。——海明威描写阿尔总共用了七步:

第一步,两个杀手进门,通过尼克的眼睛,让我们读者忽略了阿尔。这是海明威的障眼法。

第二步,通过乔治的提问,让我们近距离地感受到了阿尔的威慑力。

第三步,服务员乔治过来送饭。既然是送饭,那就涉及两个空间,一个是餐厅,一个是厨房。乔治在送饭的过程中做了一个小动作,把餐厅和厨房之间的小窗户给关上了。这个小动作为阿尔的大动作提供了一个前提。

第四步,阿尔走进另一个空间,也就是厨房之后,海明威写道,阿尔"用一个番茄酱瓶子撑开了那扇往厨房送盘子的小窗户"。这是一个辅助性的动作,为阿尔的大动作做铺垫。

第五步,阿尔的大动作。他在厨房里头指挥餐厅里的人物,大声安排乔治和马克斯在餐厅里头的空间位置。他让乔治"再往吧台那边站一点",马克斯呢,"往左边移一点"。——阿尔在做什么?在争取最好的"视野",也就是射击的空间。在这里,海明威用了一个比喻,说阿尔"像一个正在安排集体照的摄影师"。"摄影师"是什么意思,不用多说了。

第六步,如果说,到目前为止,一切都是我们的猜测。但是,等乔治再一次走进厨房的时候,他亲眼看到了"一支锯短了的猎枪的枪头就靠在架子上"。小说到了这里,一切都水落石出。阿尔是枪手,他的形象已彻底确立,他是一个老到的、冷静的、经验丰富的杀手。

其实,这一切也可以从餐厅里的格局得到反证。注意,留在餐厅里的现在是两个人:一个人是乔治,一个是马克斯。乔治在干啥?他不停地看墙上的钟,——他关心的是时间;马克斯呢,他盯着的是镜子,其实是大门,在望风,——他关心的是空间。

看见了吧,这一切是如此严密,刀光剑影哪,太紧张了。

但是,无论是时间还是空间,都是假象,背后的指向是同一个东西,是一个人。谁呢,正要追杀的拳击手安德烈松。这个紧张的、令人不安的过程是以帮手马克斯和服务员乔治的对话来完成的。它导致了厨房里的阿尔的不满。

第七步,阿尔在厨房里还干了一件事:指责马克斯,教训马克斯。这说明了什么?马克斯毛糙、幼稚,马克斯还有许多东西要学。

——我在阿尔这个人物的身上说了这么多,同学们明白了没有?

谜底一下子就解开了,一共有两个谜底:一、海明威根本就没有描写两个性格雷同的杀手,他们的性格区别特别地巨大,一个老到,一个幼稚。二、现在我们终于知道了,海明威所描写的对话一点也没有重复,所谓的重复,其实是马克斯对阿尔的模仿。从衣着,到做派,一直到说话的腔调,马克斯什么都在模仿阿尔。他就是阿尔身边的一只鹦鹉。一只望风的鹦鹉。这就是马克斯的独特性。这是符合逻辑的,一对出生入死的搭档,适当的统一性对双方都好。在这里,可以这样说,海明威把马克斯的性格描写一股脑儿都放到"水下"去了。——但是,是清晰的。海明威用对话语言的重复营造了压迫感,同时刻画了马克斯附庸者的性格。

五、一个小小的奖品

轻松一下,我们现在进入颁奖阶段。我给你们预备了一个小小的奖品。——是一个问题,一个娱乐性的问题,关于身高的。假设,你们就是海明威,《杀手》就是你们写的,那你们会如何去描写两个杀手的身高呢?他们是大个子还是小个子?他们是大个子好还是小个子好?你们随便说,怎么说都可以。反正这个问题也不重要。

——我们回到正题上来,两个杀手打算谋杀的那个人是谁?是"重量级拳击手"安德烈松。既然是重量级拳击手,他只能是一个壮汉,一个大个子。海明威写道——

> 他(安德烈松)曾是一名重量级的拳击手,床对他来说显得太小了。他头下枕着两个枕头。他没朝尼克看。

海明威真是一个简洁的小说家。要写一个人的个子大,还有什么比写"床小"更好的呢?但是,海明威为什么不写"椅子小""沙发小"呢?那样写不好。为什么?——对一个拳击手来说,最糟糕的动作或者说体态是什么?当然是躺下来了。所以,必须是床,不能是椅子或者沙发。我不能说海明威在这个地方做了严格的设计,我只能说,从直觉上说,海明威一定会安排安德烈松躺着的,换了我也只能是这样写。好,这个重量级的拳击手已经躺下了,我所关心的是,在尼克来通风报信的时候,也就是说,在裁判开始"数九"的时候,这个重量级的拳击手都做了什么呢?

我们来看海明威对安德烈松的描写,是三个动态。第一,在尼克进门之后,他没有看尼克一眼。第二,随着尼克的叙述,他看着墙。第三,伴随着尼克进一步的叙述,他干脆朝墙的那一面转过身去了。这三个动作都在说明一件事,安德烈松在回避,一次比一次严重。无论裁判怎么数,就算你数到九十九,他也不会站起来了。他彻底崩溃了。

老实说,写一个人的崩溃有多种多样的写法,换了你会怎么写?

现在我们来谈一谈海明威这个人。我们都知道一件事,海明威擅长拳击。他了解拳击。现在,一个了解拳击的作家要写一个拳击手了,这个作家对什么最敏感呢?这就要说到拳击运动的基本动态了。在比赛的时候,一、拳击手目光对着目光;二、拳击手面对面。这是拳击的基本要求。反过来说,当一个拳击手开始回避目光,当一个拳击手开始用他的背部面对这个世界的时候,结论只有一个,他失败了,他彻底崩溃了。所以,有两样东西海明威一定要写,他是不会落下的:一、安德烈松躲避的目光;二、安德烈松转过去的胸膛——背脊。这就是作为拳击手的、海明威的直觉,也就是作为小说家的、海明威的直觉。在这个地方,海明威几乎就不用动脑子,一定会直奔"目光"和"背脊"而去,不会错的,他用不着去描写安德烈松的表情和心理,或者别的什么东西。

如果你一定要在这个地方描写表情和心理,当然可以了,但是,作者一定不是海明威。就《杀手》这么一个短篇小说而言,如果作者是佚名的,有关部门请我来做一个鉴定,我会这样告诉大家,作者是海明威。

请注意,海明威在这里不只是描写,还有一个东西被他藏在了"水下",那就是对安德烈松的羞辱。作为一个重量级的拳击手,你的眼睛都不敢看人了,只给世界一个背,还有什么比这个更耻辱的么?这里的海明威极其傲慢、极其强势。他是高高在上的。这是一个男人对另一个男人的羞辱,这是一条硬汉对一个软蛋的羞辱。我们必须要看到这一点,我们必须充分考虑到一个重量级拳击手曾经的傲慢与尊严。

不要忘记我说过的一句话:海明威的立场会选择更强的那一方。

同样不要忘记我说过的一句话:海明威的心理刻画很有特点,他不太切入人物的内心,他更在意描绘外部的动态。

海明威的小说的确太硬气了,充满了男性的魅力。

但是,常识告诉我们,一个重量级的拳击手不可能是软蛋,他不会太脆弱,他不会轻易就崩溃。他如果崩溃了,一定是被外部更加强硬的东西击垮了。击垮他的是谁?还能是谁?当然是阿尔,还有马克斯。

我们完全可以这样想象,小说《杀手》真的只写了"八分之一",前面一定还有许多次的追杀,都被安德烈松侥幸逃脱了。然而,那个"八分之七"海明威统统都没有写。这太恐怖了,太刀光剑影了,——不要说一般的人,就连重量级的拳击手都扛不住了,那还是算了吧,不逃了,逃不动了,早死早安生。

　　回到身高的问题上来。其实,小说人物的身高根本就不是问题,但是,为了凸显《杀手》的恐怖氛围,海明威特地选择了两个小个子。这不是偶然的。这也不是一个娱乐性的小奖品,它关系到小说内部的基本秩序。阿尔和马克斯不可能是魁梧的大个子,大个子在这个地方很无趣知道吗。他们就是两只剧毒的、没完没了的黄蜂,他们就是两只剧毒的、没完没了的蝎子,上天入地啊,防不胜防。

2016 年 5 月 13 日于南京大学

倾"庙"之恋

——读汪曾祺的《受戒》

又是120周年校庆,又是博士生会和研究生会的"登攀节",浙江大学真是喜气洋洋,到处都洋溢着活力。祝贺你们!客套话就不多说了,咱们直接开讲。我今天给大家讲的是汪曾祺的《受戒》。

《受戒》很著名,是汪曾祺先生标志性的作品,简单,明了,平白如话,十分的好读。小说写的是什么呢?自由恋爱。一个情窦初开的少女爱上了一个情窦初开的小伙子。就这么一点破事,一个具备了小学学历的读者都可以读明白。可我要提醒大家一下,千万不要小瞧了"平白如话"这四个字,这要看这个"平白如话"是谁写的。在汪曾祺这里,"平白如话"通常是一个假象,他的作品有时候反而不好读,尤其不好讲,——作者并没有刻意藏着、掖着,一切都是一览无余的,但是,它有特殊的味道。在我看来,在我们的古代文学史上就有一个很难讲的词人,那就是倒霉的皇上,南唐李后主李煜。"春花秋月何时了,往事知多少?""问君能有几多愁,恰似一江春水向东流。"都是大白话。

老实说,作为一个教师,一看到这样的词句我就难受,撞墙的心都有。为什么?这样的词句"人人心中有"。既然"人人心中有",你做教师的还有什么可说的呢?此时此刻,如果哪一位浙大的学生盯着我问:毕老师,"一江春水向东流"到底是什么意思?这就能把我逼疯。如果有一天,《钱江晚报》上说毕老师在浙江大学疯了,你们要替我解释一下:毕老师不是因为钱包被偷了发疯的,他是没有能力讲授《受戒》,一急,头发全竖了起来。

一、篇章与结构

《受戒》是一个恋爱的故事。明海和小英子,他们相爱了。有趣的事情却来了,这个有趣首先是小说的结构。让我们来数一数吧,《受戒》总共只有十五页,分三个部分。它的结构极其简单,可以说眉清目秀。每一个部分的开头都是独立的一行,像眉毛:

第一个部分,"明海出家已经四年了",顺着"出家",作者描写了神职人员的庙宇生活,篇幅是十五分之七,小一半。

第二个部分,"明子老往小英子家里跑"。沿着"英子家"的这个方向,作者给我们描绘了农业文明里的乡村风俗,篇幅是十五分之六,差不多也是小一半。

第三个部分,"小英子把明海接上船","上船"了,爱情也就开始了,情窦初开的少男少女在水面上私订了终身,篇幅却只有十五分之二。这样的结构比例非常有趣。我敢说,换一个作者,选择这样的比例关系不一定敢,这样的结构是畸形的,很特殊。

就篇章的结构比例来说,最畸形的那个作家可不是汪曾祺,而是周作人。关于周作人,我最为叹服的就是他的篇章。从结构上说,周作人的许多作品在主体的部分都是"跑题"的,他的文章时常跑偏了。眼见得就要文不对题了,都要坍塌了,他在结尾的部分来了小小的一翘,又拉了回来。这不是静态平衡,是一种动态的平衡,很惊险,真是风流倜傥。鲁迅的结构稳如磐石,纹丝不动。可周作人呢?却是摇曳的、多姿的,像风中的芦苇。鲁迅是战士,周作人是文人。汪曾祺也不是战士,汪曾祺也是个文人。这一点非常重要。不了解这一点,我们就无法了解汪曾祺在八十年代初期为什么能够风靡文坛。

在新时期文学的起始阶段,中国的作家其实是由两类人构成的,第一,革命者,这里头自然也包括被革命所抛弃的革命者;第二,红色接班人。从文化上来说,经历过五四、救亡、"反右"和"文革"的洗礼,有一种人在中国的大地上基本上已经被清洗了,那就是文人。就在这样的大语境底下,1980年,汪曾祺在《北京文学》的第十期上发表了《受戒》,所有的读者都吓了一大跳——小说哪有这么写的?什么东西吓了读者一大跳?是汪曾祺身上的包浆,汪氏语言所特有的包浆。这个包浆就是士大夫气,就是文人气。它悠远,淡定,优雅,暧昧。那是时光的积淀,这太迷人了。汪曾祺是活化石,1980年他还在写,他保住了香火——就这一条,汪先生就了不起。是汪曾祺连接了中国的五四文化与新时期文学,他是新时期文学收藏里珍稀的"老货"。请注意,这个"老货"没有半点不敬。可以说,有没有汪曾祺,中国新时期文学这个展馆将是不一样的,汪曾祺带来了完整性。你可以不喜欢他,你可以不读他,可他的史学价值谁也不能抹杀。我说了,汪曾祺是文人,深得中国文化的精髓。这样的文人和严格意义上的知识分子是有区别的,他讲究的是腔调和趣味,而不是彼岸、革命与真理。他有他芦苇一样的多姿性和风流态。所以,我们看不到他的壮怀激烈、大义凛然,也看不到他"批判的武器"与"武器的批判"。他平和、冲淡、日常,在美学的趣味上,这是有传承的,也就是中国美学里头极为重要的一个标准,那就是"雅"。什么是"雅"?"雅"就是"正"。它不偏执,它不玩狂飙突进。"正"必须处在力学上的平衡点上,刚刚好。不偏不倚、不左不右、不前不后、不上不下、不冷不热、不深不浅。"雅"其实就是中庸。"中庸"是哲学的说法,也可以说是意识形态的说法,"雅"则是"中庸"这个意识形态在美学上的具体体现。

二、四个和尚,四件事

我们先来看小说的第一部分。小说是这样开头的:"明海出家已经四年了。""出家"是个关键词,"出家"的意思我们都懂,就是做和尚去。这句话清清楚楚地告诉我们,接下来汪曾祺要向我们描绘庙宇里的生活了。关于小说的开头,格雷厄姆说过一句话:"对小说家来说,如何开头常常比如何结尾更难把握。"为什么难把握？这里头就涉及小说阅读的预期问题。庙宇会给我们带来怎样的阅读预期？烟雾缭绕，神秘，庄严，肃穆。这是必须的，这一点我们从小说的题目也可以体会得到，《受戒》嘛，它一定是神秘的、庄严的、肃穆的。与此相配套的当然是小说的语言，你的小说语言必须要向神秘、庄严与肃穆靠拢。你的语言不能趿拉着拖鞋，得庄重。

可是，汪曾祺并没有庄重，他反过来了，他戏谑。关于做和尚，我们来看看汪曾祺是怎么说的：

> 就像有的地方出劁猪的，有的地方出织席子的，有的地方出箍桶的，有的地方出弹棉花的，有的地方出画匠，有的地方出婊子，他（明海）的家乡出和尚。

大家笑得很开心。你们为什么要笑？——你们不一定知道你们为什么会笑。在"和尚"这个词出现之前，汪曾祺一口气罗列了六种职业，其实有点啰唆。但是，这个啰唆是必须的。这个啰唆一下子就把"和尚"的神圣给消解了。这里的"和尚"突然和宗教无关了，和信仰无关了，它就是俗世的营生，干脆就是一门手艺。我们回过头来，再来看一看这六种职业吧：劁猪、织席子、箍桶、弹棉花、画匠、婊子。——这个次序是随意的还是精心安排的？我们不是汪曾祺，我们不知道。但是，如果《受戒》是我写的，我一定和汪曾祺一样，把"婊子"这个行当放在最后。为什么？因为"婊子"后面紧跟着的就出现了"和尚"。婊子是性工作者，大部分人不怎么待见，这个词是可以用来骂人的；而和尚呢,他的性是被禁止的,他被人敬仰。汪曾祺偏偏把这两个职业搅和在一起,这两个词的内部顿时就形成了一种巨大的价值落差——正是这个巨大的价值落差让你们笑出声来的。这就是语言的效果。什么都没动,仅仅是语词的次序,味道就不同了。语言的微妙就微妙在这些地方。如果是"和尚"的前面出现的是"画匠"或"箍桶匠",意思是一样的,但你们不一定能笑得出来。

许多人都说汪曾祺幽默,当然是的。但是,我个人以为,"幽默"这个词放在汪曾祺的身上不是很精确,他只是"会心",他也能让读者"会心",那是体量很小的一种幽默,强度也不大。我个人以为会心比幽默更高级,幽默有时候是很歹毒的,它十分地辛辣,一棍子能夯断你的骨头;"会心"却不是这样,会心没有恶意,它属于温补,味甘,恬淡,没有绞尽脑汁的刻意。不经意的幽默它更会心。有时候,你刻意去幽默,最终的结果往往是"幽默未遂","幽而不默"的结果很可怕,比油腔滑调还要坏,会让你显得很做作。附带提醒大家一下,要小心幽默。如果你是一个幽默的人,你自然可以尽情地挥洒你的智慧,就像莫言那样。如果你不是,你最好不要随便追求它。

幽默是公主,娶回来固然不易,过日子尤为艰难,你养不活她的。

现在我们就来看一看,汪曾祺在描绘庙宇内部的时候是如何会心、如何戏谑的。依照汪曾祺的交代,菩提庵里一共有六个人。除了小说主人公明海,那就是五个。关于这五个人,我们一

个一个看过去:

一、老前辈叫普照,一个枯井无波的老和尚。汪曾祺是怎么介绍他的呢?汪曾祺一本正经地告诉读者:"他是吃斋的,过年时除外。"说一个资深的和尚是"吃斋的",过年的时候还要除外,你说,这样的正经是多么会心。我们不一定会喷出来,但是,心里头一定会喜悦,——这和尚当的,哪有这么当和尚的。

二、再来看仁山,也就是明海的舅舅。为了描写这个人物,汪曾祺刻意描写了他的住处。注意,这是一个方丈的住处。"方丈"是什么意思?一丈见长,一丈见宽,是很小的地方,也就是领导的住处。汪曾祺是这样描写这个简朴的小地方的:"桌子上摆的是账簿和算盘。"这句话逗人了,好端端的一个方丈被汪曾祺写成了CEO,最起码也是财务经理,他时刻关注的是他的GDP。没完,在这里汪曾祺还反问了一句:"——要不,当和尚做什么?"这句话太好了,好就好在理不直而气壮。小说家往往喜欢两件事:一、理直而气不壮;二、理不直而气壮。这里头都是命运。

三、仁海就更了不得了,第一句话就能吓死人,"他是有老婆的"。

四、接下来自然是仁海的老婆。关于这个"老婆",就一句话,"白天,闷在屋里不出来。"这句话写得绝。都说小说家要晓通人情世故,汪曾祺就晓通。这个仁海的老婆情商高啊,她知道一件大事,那就是顾及和尚丈夫的公众形象。怎么才能顾及?大白天的不出家门。她要是随便出门,有人一拍照,一发微信,她丈夫立马就要上头条。在这些地方我们都要去体会。——中国的古典美学里很讲究"妙",汪曾祺就懂得这个"妙"。这些语言漂亮得不得了,很家常,却不能嚼,你越嚼它就越香,能馋死你。我们读经典小说就是要往这些地方读,它会让你很舒服。老实说,这样的语言年轻人是写不出来的,你必须熬到那个岁数才行。到了那个年纪你才能笑看云淡风轻,关键是,你才肯原谅。只有原谅了生活、原谅了人性的作家才能写出这样会心的语言。汪曾祺的小说人人可读,却真的不是人人都可以读的。这样的语言和围棋很像,黑白分明的,都摆放在棋盘上,可是,你的能力没达到,你不一定能看出内在的奥妙。仁海的老婆"闷在屋里不出来",这里头就有人情,就有世故。她虽然不出门,汪曾祺就用了一句话就完成了她的形象塑造,我们能够看见她鬼头鬼脑的样子。善良,愚蠢,顾家,掩耳盗铃。如果作者和读者都不懂得原谅,老实说,这个地方会变得龌龊。相反,如果你通了,这些地方就很有喜感。

五、在我看来,写得最好的要数三师父仁渡,仁渡哪里是一个和尚?因为年轻、帅气、嗓子好,人家是小鲜肉,人家是摇滚乐队里的主唱,人家还是一个恋爱的高手。汪曾祺交代了,"他有相好的,而且还不止一个"。现在我们来做做加减法,庙里头总共有六个人,除了明海,剩下五个。再除了仁海的老婆,其实就是四个和尚。老和尚普照又不参加集体活动,这一来就只剩下三个。三是一个很麻烦的数字,用打麻将的说法,那就是三缺一。三缺一怎么办?还能怎么办,往别人的身上写呗。别人是谁？汪曾祺写道："一个收鸭毛的,一个打兔子兼偷鸡的。"你看看,来人不光能打兔子,也会偷鸡,他可是一个复合型的人才。关于这个偷鸡的,大家千万不要误解,以为他是小说里的边角料,可有可无。不是这样,这个人非常重要。我先把他放在这里,以后还要说到他。

好,汪曾祺为我们提供了四个和尚。现在我要请大家回答问题了,——这四个和尚都干了些什么呢？大家想一想。

不说不知道,一说吓一跳。他们的所作所为可以概括为四个字:吃！喝！嫖！赌！很吓人的。

可是,这一切显然没有吓住汪曾祺,在介绍了两个牌友之后,汪曾祺还轻描淡写地给这些人做了一个总结,说这些人都是"正经人"。汪曾祺为什么要强调他们都是"正经人"？

刚才我说了,《受戒》这篇小说是1980年写的。这是特殊的,这也是重要的。1980年之前,或者说1977年之前,中国是什么样的中国？是一个阶级敌对的中国,是一个你死我活的中国。"谁是我们的朋友,谁是我们的敌人",这个问题是汪曾祺必须面对的一个首要问题,——这是中国的问题,当然也是中国当代文学的问题,更是中国作家必须面对的问题。

汪曾祺面对了这个问题,他回答了这个问题:他的眼里却没有阶级和阶级斗争,没有好人和坏人,没有敌人和朋友。汪曾祺的眼里只有人,只有人的日常生活。由斯,汪曾祺向我们提供了他的立场,那就是基本的人道主义立场。请注意,汪曾祺的小说里有各式各样的小人物,有他们人性的弱点,有他们灰暗的人生,但是,即使他们不是好人,他们也绝对不是坏人。我不知道汪曾祺有没有受到雨果的影响,但是,在这个问题上汪曾祺和雨果很像,他们的眼里都没有所谓的"坏人",哪怕他们有毛病,甚至有罪恶,他们也是可以宽恕的。如果有人要问我,汪曾祺到底是什么样的一个作家,我的回答是,汪曾祺是一个人道主义作家,即使他的肩膀上未必有人道主义的大旗。

回到庙宇。如果我们仔细地回味一下,我们会大吃一惊,——汪曾祺是按照世俗生活的世俗精神来描写庙宇的。他所描绘的庙宇生活是假的,他所描写的僧侣也是假的,他并没有涉及宗教和宗教的精神。那些和尚都是日常生活里的人,都是民间社会里的普通人,都是这些普通人的吃、喝、拉、撒。在汪曾祺看来,一个人该怎么生活就该怎么生活,即使在庙宇里头也是这样。所以,在汪曾祺描绘吃喝嫖赌的时候,我们一定要留意汪曾祺的写作立场,他是站在"生活的立场"上写作的,而不是"宗教的立场"。这才是关键。他是不批判的,他是不谴责的,他更不是憎恨的。他中立。他没有道德优势,他更没有真理在握。因为小说人物身份的独特性,汪曾祺只是带上了些许的戏谑。既然你们的身份特殊,那就调侃你们一下,连讽刺都说不上。

把宗教生活还原给了"日常"与"生计",这是汪先生对中国文学的一个贡献。要知道,那是在 1980 年。在 1980 年就能有这样的看法与态度,那是很了不起的。从这个意义上说,汪曾祺也是反对"伪崇高"的,在这一点上,后来的王朔和汪曾祺似乎很像,其实又不像。汪曾祺否认的是彼岸,却坚定不移地坚守了此岸。他是热爱此岸的,他对现世有无限的热忱。王朔呢?他是把彼岸和此岸一股脑儿给端了。汪曾祺说那些人是"正经人",是戏谑,也是原谅,也是认同,否则就是讽刺与挖苦了。在汪曾祺的眼里,他们真的就是"正经人",是有毛病的正经人。——这就是汪曾祺的文学态度,也是他的人生哲学,他不把任何人看作"敌人"。

从写作的角度来说,接下来的问题也许更加重要,在描写庙宇生活的时候,汪曾祺为什么要如此戏谑?

我们要反过来看这个问题,如果汪曾祺并不戏谑,而是像第二部分和第三部分那样,选择正常的、抒情的、唯美的叙事语言,在他描绘四个和尚吃喝嫖赌的时候,我们做读者的会有怎样的感受?

我们会感受到庙宇生活的不堪,甚至是脏。那显然不是汪曾祺想要的。是戏谑消解了这种不堪,是戏谑消解了这种脏。戏谑表面上是语言的风格,骨子里是价值观:我不同意你,但是,我允许你的存在,我不会把你打倒在地,再踏上一只脚。这就是汪曾祺。还有一点,如果汪曾祺用抒情、唯美的语言去描绘和尚的吃喝嫖赌,《受戒》也许会出现这样的局面,它变得诲淫诲盗。这个是不可以的。我再说一遍,对小说家来说,语言风格不仅仅是语言的问题,它暗含着价值观,严重一点说,也许还有立场。

说到这里大家很快就能意识到了,《受戒》这篇小说虽然很短,它的语言风格却存在着戏谑与唯美这两种风格。相对于一篇小说来说,这可是一个巨大的忌讳。——汪曾祺自己意识到这个问题了么？我不确定。但是有一点我是可以肯定的,从调性上来说,《受戒》的语言风格又是统一的。在哪里统一的？在语言的乐感与节奏上。必须承认,汪曾祺的语感和语言的把控能力实在是太出色了。

为了证明我所说的话,你们回去之后可以做一个语言实验,把《受戒》拿出来,大声地朗诵。只要你朗诵出来了,你自己就可以感受得到那种内在的韵律,潇洒,冲淡,飘逸,自由,微微地有那么一丝骄傲。这一点在任何时候都是统一的。汪曾祺并不傲慢,在骨子里却是骄傲的。我附带告诉大家一个小秘密——有些作家的作品是可以朗读的,有些作家的作品却不能。能朗读的作家在语言的天分上往往更胜一筹。他们都有自己特有的腔调,隔了三丈都能闻到。汪曾祺的腔调就是业已灭绝的文人气,就是业已灭绝的士大夫气,这种气息在当今的中国极为稀有。补充一句,汪曾祺的腔调你们年轻人千万不能学,你学不来。我说过一句话,汪曾祺是用来爱的,不是用来学的,道理就在这里。

现在我们来做一个假设,假如《受戒》这个作品由鲁迅来写,结果将会怎样？这个假设会很有趣,请大家想一想——

面对宗教的黑暗、宗教对人性的压迫、宗教对日常生活的碾压,鲁迅一定是抗争的、激烈的、批判的、金刚怒目的。鲁迅也会幽默,但鲁迅的幽默也许是毁灭性的,有时候会让你无处躲藏。用鲁迅自己的说法,就是"撕","撕碎"的撕。汪曾祺不会"撕"。汪曾祺不批判。汪曾祺没那个兴趣,汪曾祺没那个能量,更为要紧的是,汪曾祺也没有那样的理性强度。这是由汪曾祺的个性气质决定了的。汪曾祺是一个可爱的作家,一个了不起的作家,却不是一个伟大的作家。我这样说丝毫也不影响汪曾祺的价值。我们热爱鲁迅,需要鲁迅,我们也需要汪曾祺。我说过,汪曾祺是文人,不是知识分子。这是汪曾祺的特征,也是汪曾祺的局限。这样说是不是对汪曾祺不公平?是不是强词夺理了?一点也不。伟大的作家必须有伟大作家的自我担当,这是伟大作家的硬性标志。文学是自由的,开放的,但是,相对于伟大的作家来说,文学未必自由。这个不自由不是来自于外在的威逼与胁迫,而是来自于伟大作家的自觉,来自他们伟大的情怀和伟大的心灵。但是,能不能说汪曾祺是一个没有思想的作家?也不能这样说。

这就要谈到张爱玲了。张爱玲有一个著名的小说,《倾城之恋》,大家都熟悉。《倾城之恋》当然是一个爱情故事,但是,它有它的世界观,具体地说,它有它的历史观。——无论风云怎样变幻,人类的日常它坚不可摧,哪怕炮火连天,吃总要吃,睡总要睡,爱总会爱,孩子也还是要生。城可倾,爱不可倾,这就是张爱玲的孤岛哲学和孤岛史观,这是一种偷生的哲学,汪曾祺的身上多多少少也有这种哲学。——衰败的大时代、精致的小人物。说到这里大家也许明白了,《受戒》和《倾城之恋》骨子里很像,几乎可以说是姊妹篇。我们可以把《受戒》看作《倾城之恋》的乡村版,文学一点说,我们也可以把《受戒》看作《倾城之恋》投放在乡村河水里的倒影,水光潋滟。

所以说，作家的才华极其重要。才华不是思想，但是，才华可以帮助作家逼近思想。这正是艺术和艺术家的力量，文学是人类精神不可或缺的一个维度。

三、世俗与仙气

在小说的第二部分，汪曾祺是这样"起承转合"的：明子老是往小英子家里跑。

你看，汪曾祺真的是一个不玩噱头的作家，不来玄的，就往明白里写。这是好的文风，是作家自信的一种标志。从明海"往小英子家跑"开始，汪曾祺的笔端离开了庙宇，来到了真正的世俗场景。但是，对汪曾祺来说，这个世俗场景却是特定的，也就是我们常说的那个"风俗画"。

汪曾祺的"风俗画"给他带来了盛誉，他写得确实好，有滋有味，我们必须向汪先生致敬。但是，我们也必须看到，所谓的"汪味"，说到底就是诗意。这个诗意也是特定的，也就是中国古典诗歌所特有的意境。如果我们对中国的诗歌史比较了解的话，我们立即就可以看出来了，汪曾祺的背后站立着一个人，那个人就是陶渊明。假如我们愿意，还可以把话题拉得再远一点，汪曾祺的背后其实还有人，那就是老庄，他受老庄的影响的确是很深的。

陶渊明是著名的逃逸大师。这里有他的哲学，——你让茅台酒和大粪交手，一交手茅台酒也就成了大粪，这个我不和你玩。陶渊明有陶渊明的乌托邦,《归田园居》《庚戌岁九月中于西田获早稻》《桃花源诗并记》,这些都是他的乌托邦。

《受戒》的第二章到底写了什么?是小英子的一家的世俗生活。它不是乌托邦。它是"小国寡民",是所谓的"净土"。中国是一个人口大国,人口的大国在美学的趣味上反而向往"小国寡民",这一点非常有意思。

《受戒》的故事背景汪曾祺没有交代,但是,我可以负责任地说,汪曾祺所描绘的其实是一个乱世。我怎么知道的?在《受戒》的一开头汪曾祺自己就交代了,明海家的那一带有一个风俗,但凡有弟兄四个的家庭老四都要去做和尚。为什么?老四养不活。就这么一个细节,我说《受戒》的大背景是一个乱世就站得住脚。然而,汪曾祺不是鲁迅,不是陀思妥耶夫斯基,对"乱世"这个大背景偏偏没兴趣,他对乱世的政治、民生、经济、教育、医疗、军事统统没兴趣。作为一个文人,他感兴趣的是乱世之中"小国寡民"的精致人生:安逸,富足,祥和,美好。可以说,在任何时候,"美"和"诗意"一直是汪曾祺的一个兴奋点。他在意的是乱世之中的"天上人间"。

我给大家来解开《受戒》的美学之谜吧:当汪曾祺描写"释",也就是佛家弟子的时候,他是往下拉的,他是按照世俗来写的,七荤八素;可是,当汪曾祺果真去描绘世俗生活的时候,他又往上提了,他让世俗生活充满了仙气,飘飘欲仙的,他的精神与趣味在"道"。

李泽厚说中国人的精神是儒、道、释互补的,这个判断很有道理。汪曾祺也是这样。汪曾祺也入世,但是,情况并不妙,两头不讨好,他只能匆匆忙忙地出世。照理说,1980年的中国是多么复杂,又是左,又是右,又是坚持,又是改革,还要开放,对不起了,汪曾祺统统没兴趣。在1980年,汪曾祺的写作其实是很边缘的,他的创作既不属于反思文学也不属于改革文学。还是让我们回到1980年吧,汪曾祺所写的究竟是什么?"解放前"。可是,谁也没有想到,他的"解放前"大红大紫起来了。《受戒》真的把读者吓了一大跳。

——《受戒》为什么会把别人吓一跳?谁能告诉我?

听好了,《受戒》所描写的可是"解放前"。"解放前"的中国乡村那么富足、那么美好,"解放前"的中国农民那么幸福、那么安康,一句话,"解放前"如诗如画,大伙儿如痴如醉,——哪一个中国作家敢这么写?你脑子坏了。你发癔症。

汪曾祺的写作从来都是非政治的,他是人性的、文化的、诗意的。

所以,汪曾祺写《受戒》,"1980年"既是一个写作日期,也是一个写作前提。我常说,作家在什么时候生是重要的,作家在什么时候死也重要。汪曾祺如果没有熬到改革开放,没有熬到新时期,他要是在1976年之前就死了,汪曾祺的价值起码要打九折,他远远没这么贵重。道理很简单,在1980年,能写出《受戒》这种作品的中国作家没几个。我们传统文化的底子薄,写不出来的。

现在,我们又要回到小说的结构了。这一次我所说的不是情节结构,而是人物的结构,也就是小说人物的出场问题。也许你们要说了,这又有什么可说的? 我是作家,笔在我的手上,我想让小说人物什么时候出场他就什么时候出场。哪能这样呢,那样的作家不成土匪了,——"你给我出来!"小说的人物就出来了。不能那样。小说里的人物都是有文学尊严的,你做作家的必须把人家给请出来。如果你是一个不好的作家,小说人物会听你的;可是,如果你是一个好作家,小说人物在什么时候出场,这就要商量。

好,在第二章里头,汪曾祺给我们描绘了一个世外桃源,人物关系也极为简单。除了小英子、小英子的爸爸、妈妈、姐姐这四个人以外,汪曾祺着力描写的那个人物是谁? 反而是庙里的人物,是17岁的明子,那个即将受戒的小沙弥。这是很有意思的。小沙弥是怎么出来的呢? 是小英子的姐姐需要画图样,这一来,小沙弥就被请出来了,他离开了庙宇,来到了世俗生活。

再回到第一章,也就是庙里头。从理论上说,既然写的是庙里头,应该都是写和尚才是,但是,汪曾祺还写了别人。谁? 小英子。这是必须的,小英子在小说的第一章里必须出现,否则,小说都进行了一半了,女主人公都还没有出现,那是太丑陋了,就像电影都看了一半,我们还没有看到女一号一样。

但问题是,第一章写的是庙宇,如何才能把小英子给"请"出来呢? 这才是"写"小说的关键。——让小英子来烧香? 然后,让小英子和小沙弥眉来眼去的? 可不可以? 当然可以。但是,那是多么猥琐。汪曾祺他怎么可能猥琐呢。

我们来看看汪曾祺是怎么做的。——我记得我在前面留下了一个问题,关于那个偷鸡的"正经人",那个复合型人才。汪曾祺在这个人物的身上总共就用了一两句话,但是,这个人物重要极了。

第一,汪曾祺写了三个可以自由行动的和尚。他们要打麻将,三缺一,结果呢,"打兔子兼偷鸡"的这个人物出场了。

第二,因为偷鸡,这个连姓名都没有的"正经人"就必须有一个偷鸡的工具,铜蜻蜓。关于铜蜻蜓,小说里有交代,我就不说了。明子很年轻,他对这个偷鸡的工具产生了好奇,这是当然的。他想试试,可到哪里试呢?庙里头不行啊,只能到庙外去。这一来就到了小英子的家门口了。

第三,我们的女一号,小英子,她同样年轻,她对铜蜻蜓同样好奇,这一来她就在小说的第一部分出现了。多么自然,一点痕迹都没有。在这里,铜蜻蜓哪里还是作案工具?铜蜻蜓就是青梅,铜蜻蜓就是竹马。生机盎然,洋溢着玩性,小英子她不出场都不行。可以这样说,如果小英子在小说的第一部分出不了场,这个小说就没法看了,汪曾祺也就不是汪曾祺了。

你们说,铜蜻蜓的主人,那个偷鸡的复合型人才,他对小说的结构是多么重要。他简直就是小说内部的一个枢纽。

听我这么一解释,大家也许会说,天哪,小说家太辛苦了,太苦思冥想了。就为了小英子的出场,汪曾祺就要想那么多。不是这样的。你们千万不要去可怜汪曾祺,他不会想这么多的。我只是出于讲座的需要,是在事后分析给你们听的。好小说要经得起分析，但作家在写作的时候是不会这样分析的。在写作的时候，小说家主要靠直觉。他的直觉会让他自然而然地那样写，回过头去一分析，我们会发现作家的直觉原来是如此精确。我一直强调，多次强调，直觉是小说家最为神奇的才华，直觉也是小说家最为重要的才华。在作家所有必备的素质当中，唯一不能靠后天培养也许就是直觉。直觉没有逻辑过程，没有推理的过程，它直接就抵达了结果，所以它才叫直觉。所以，写小说没有大家想象得那么辛苦。在写作的过程中，思考极为重要，但思考往往不能带来快乐，是不断涌现的直觉给作家带来了欣喜，有时候，会欣喜若狂。这是写作最为迷人的地方。老实说，我个人之所以如此热爱写作，很大的原因就是为了体验直觉。它简直就是一种生理上的快感。虽然我是一个作家，但是，我真的没有能力把直觉所带来的快感告诉给大家。这么说吧，直觉很像生理上的GPS，它总能帮助你在陌生的地方找到最为合适的道路。但是，GPS是没法确定目标的，决定目标的是作家的价值观，也就是思想，而敏锐的、幽灵般的直觉可以辅助我们抵达。

第一章描写和尚，把小英子安排进来；第二章描写世俗生活了，再把小和尚安排进来。这样的镶嵌就是《受戒》的结构。一目了然。老实说，如果没有阅读的直觉，这个一目了然还真的不一定就一目了然。

所以说，结构永远是具体的，它离不开具体的作品。学习小说的结构一定要结合具体的作品，读多了、写多了，你就会结构了。你一不读，二不写，你让毕老师给你讲"小说结构的技法"，那个是没有的,我也不会讲。我自己写小说的时候也是这样,一个作品一个结构。作品就是人,每个人都有自己的体型,看上去都差不多,可是,你要到医生那里,医生就会告诉你,每个人的体型都不一样,每个人的耳朵都不一样。

好,到了第二章,小沙弥明子出现在了世俗生活里头了,他学雷锋来了,做好事,给小英子家做义务劳动来了。明子就是在学雷锋、做好事的过程中爱上了小英子的。——这里头有没有讲究?

也有讲究。写明海在庙里头萌发春心可以不可以?当然可以。——小英子来进香,明子爱上她了,一点问题也没有。但是,汪曾祺不会那么写。汪曾祺写别人的爱情可以这样写,写明海和小英子却不可以。为什么?明子和小英子的爱情很唯美、很单纯。说到这里就吊诡了,单纯的爱情因为不牵扯社会内容,它就比较原始,原始的情感恰恰就肉欲。肉欲可以极脏,也可以极干净,这完全取决于作家。《受戒》的第二部分其实是肉欲的,回忆一下,汪曾祺描写过小英子和明子的脚,很肉欲的。——问题是,把肉欲放在哪里写比较好呢?庙宇还是大自然?当然是大自然。所以,小和尚的故事一定要出现在世俗生活里头。这些都是写小说特别关键的地方。有人说,小说只有好与不好,没有对与不对,这句话当然对。但是,对于高水平的作家来说,判断失误就是不对。汪曾祺不可能犯这样低级的错误。也许有同学要这样问我,毕老师,你不要骗我,我就要把他们的肉欲放在庙里头来写,能不能?我的回答是,能。但是,那一定是另外的一篇小说,价值趋向会有所不同。《受戒》一定不能那样写。

我再来问一个问题,还是关于结构的。就在明海和小英子的情感开始升温的时候,汪曾祺静悄悄地又为小说安排了怎样的一条线索?

对,明海的受戒。受戒与爱情是什么关系?是矛盾的关系,是冲突的关系,是不可调和的关系。小说到了这个地方,戏剧冲突开始凸显,一个尖锐的矛盾业已存在于小说的内部。它有可能牵扯到命运、道德、宗教教义、社会舆情等重大的社会问题,也有可能牵扯到挣扎、焦虑、抗争、欲罢不能、生与死等重大的内心积压。事实上,这正是文学或者小说时常面对的一个题材,种种迹象表明,一场悲剧即将上演。

四、闹

小说终于来到了它的第三个部分了。戏剧冲突出现了吗?悲剧上演了吗?没有。一点影子都没有。

我们还是来看文本吧。这时的明子已经受戒了,小英子划船接他回去:

> 划了一气,小英子说:"你不要当方丈。"
> "好,不当。"
> "你也不要当沙弥尾!"
> "好,不当。"

又划了一气,看见那一片芦苇荡子了。

小英子忽然把桨放下,走到船尾,趴在明子的耳朵旁,小声地说:

"我给你当老婆,你要不要?"

明子眼睛鼓得大大的。

"你说话呀!"

明子说:"嗯。"

"什么叫'嗯'呀,要不要,要不要?"

明子大声地说:"要——!"

然后呢?然后两个年轻人兴冲冲地划船,把小船划进了芦花荡,也就是水面上的"高粱地"。再然后他们就有了爱的行为,"惊起一只青桩(一种水鸟),擦着芦苇,噗噜噜噜飞远了"。

这个结尾太美了,近乎诗。正如我们的古人所说的那样,言已尽而意无穷。这正是汪曾祺所擅长的。

我还是要问,这一段文字里究竟有没有冲突?其实是有的。那就是受戒与破戒。

我先前已经说了,汪曾祺不在意所谓的重大题材,他没兴趣,他也写不动。他有他顽固的文学诉求,那就是生活的基本面。在汪曾祺看来,这个基本面才是文学最为要紧的重大题材。具体一点说,那就是日常,那就是饮食男女。落实到《受戒》这篇小说,他的基本面就一个字,爱。这是人性的刚性需求,任何宏大的理由和历史境遇都不可阻拦。你要是想阻挡我,那我就一定要突破你。但是,这种突破不是鲁迅式的,它没有爆破,不是"我以我血荐轩辕",它是沈从文式的,当然也是汪曾祺式的,它是绵软的、低调的,它的基本器械与工具就是美。落实到小说的文本上,那就是两条:一、轻逸;二、唯美。汪曾祺写小说通常不做刚性处理,相反,他所做的是柔性处理。柔性处理就是小说不构成势能,也就是无情节。汪曾祺的小说很有意思的,他很讲究结构,却没有情节。他不需要势能,还要情节干什么呢?说汪曾祺的小说是"散文化"的小说,"汪味小说",原因就在这里。他根本不需要情节。

那么,汪曾祺的轻逸与唯美是如何完成的呢?在《受戒》的第三章,汪曾祺不只是描写了少年,他还选择了一个独特的视角,那就是少年视角,我也可以发明一个概念,叫"准童年视角"。这样的视角可以最大限度地呈现少年的懵懂与少年的无知。这样的写法有一个好处,它成全了美;这样的写法也有一个坏处,它规避了理性。但我想说的是,撇开好与不好,懵懂与无知很不好写,这里的分寸感非常难把握。稍不留神你就写砸了。我们来具体地看一看,汪曾祺是如何极有分寸地完成他的"破戒"的。

第一,小英子问,我给你当老婆你要不要,明子回答说要。这个"要"就是"破戒"。它可是一个强音。但是,就小说自身的节奏而言,最强音,或者说最惊心动魄的,不是明子的回答,而是小英子的问题,是"我给你当老婆,你要不要"。这句话在小说里头是石破天惊的。汪曾祺的文字极为散淡,他不喜欢冲突,他也就不喜欢强度。可是,这个地方需要冲突,也需要强度。汪曾祺如果这样写,"哥,人家心里头可乱了"。或者这样写,"哥,你怎么也不敢看着我?"这样写可以吗？不可以。轻佻,强度不够,远远不够。在这个地方作者一定要一竿子插到底,直接就是"我给你当老婆",还要反问一句,你要不要！在这个地方,绝不能搞暧昧、绝不能玩含蓄、绝不能留有任何余地。为什么？留有余地小英子就不够直接、不够冒失,也就是不够懵懂、不够单纯。这就是"准童年视角"的好处。一旦小英子这个人物不单纯,小说的况味反而不干净。这是要害。大家可以想一想,如果这个地方小英子太老到、太矜持,太会盘算、太有心机、小英子这个乡村少女的表达就不再是表达,而是勾引。这个区别是巨大的。一旦勾引了,小英子将不再是小英子,这是汪曾祺不能容忍的。他必须保证《受戒》的高纯度和剔透感。我要说,这一部分纯净极了,十分地干净,近乎通透。通透是需要作家的心境的,同时也需要作家手上的功夫。汪曾祺有一个很大的本领,他描写的对象可以七荤八素、不干不净,但是,他能写得又干净又透明,好本领。

在这个地方我很想和大家谈谈古希腊的雕塑,古希腊雕塑的质地是什么？是石头。石头透明么？当然不透明。可是,你去卢浮宫看看那尊《胜利女神》,你的目光能透过石头,能透过女神身上的纺织品,直接可以看到女神的腹部,她的肌肤,甚至还有她的肚脐。女神圣洁,却弥漫着女人的性感。这是标准的古希腊精神,人性即神性,神性即人性,它们高度地契合。莎士比亚说,人是"万物的灵长",注意,他这是第二次、而不是第一次把人放到了神的高度。这就叫"文艺复兴",这才叫"复兴",也就是 RENAISSANCE 里的"RE"。可以说,如果大理石不透明,人性和神性就割断了,神的号召力、感染力和亲和力就会大幅度地降低。我不想夸张,我在《胜利女神》面前站立过无数次,总共加起来也许都不止十个小时。——是什么吸引我?是大理石的透明!透明好哇,它透明了,我就能看见我想看而不敢看的东西了。可大理石为什么就能透明呢?这就是艺术神奇的力量。我没有说汪曾祺的小说抵达了古希腊雕塑的高度,这句话我不认,我也没有那个意思,但是,汪曾祺有能力让小说的语言透明,这话我可以说。

第二,在描写少女单纯的同时,我们一定要记住,单纯就是单纯,不是弱智,更不是二百五。汪曾祺不能把小英子写成一个傻瓜。如果她是傻瓜,小说的味道又变了。老实说,"我给你当老婆"这句话的强度极大,是孟浪的,如何让孟浪不浪荡,这个又很讲究。汪曾祺是怎么做的?当然是铺垫。小说的铺垫是极其重要的一个技术,同学们一定要注意。那么,汪曾祺是如何铺垫的呢?A,小英子聪明,她知道庙里的仁海是有老婆,她也知道方丈不能有老婆,所以,她的第一句话就是"你不要当方丈"。B,从小说内部的逻辑来看,小英子还知道一点庙宇的常识,她知道沙弥尾是方丈的后备干部,所以,小英子的第二句话必须是"你也不要当沙弥尾"。有了 A 和 B 这个两头堵,"我给你当老婆"就不只是有强度,不只是孟浪,也还有聪明,也还有可爱。是少女特有的那种可爱,自作聪明。要知道,汪曾祺写《受戒》

的时候已经是一个老男人了,这个老男人把少女写得那么好,汪曾祺也可爱。他有一颗不老的心,风流,却一点也不下流。我再说一遍,汪曾祺是用来爱的,不是用来学的。

综合上面的两点,这就是分寸,这就是小说的分寸。小说的分寸感极其不好把握,它同样需要作家的直觉。可以说,汪曾祺其实是怀着一腔的少年心甚至是童心来写这一段文字的,这一段文字充满了童趣,近乎透明了。透明总是轻盈的,这才轻逸,这才唯美。

但是,有一点我也想强调,我们是读者,我们可不是懵懂的少女,我们都知道一件事,——明海将来做不做方丈、做不做沙弥尾,小英子的决定不算数,明海的回答也不算数。小英子能不能给明海"当老婆"呢?天知道。也许天都不知道。从这个意义上来说,《受戒》这篇小说依然是一个悲剧。它不是荡气回肠的大悲剧,它是一个轻逸的、唯美的、诗意的、令人唏嘘的小悲剧。小说早就结束了,可是,小说留给我们的,不只是鸟类欢快的飞翔,还有伤感的天空,它无边无际。

从这个意义上说,汪曾祺也是注定了写不了长篇小说的,即使他写了,好不到哪里去。这也是局限,气质的局限,理性能力的局限。你不能指望风流倜傥的文人拥有钢铁一般的神经和理性能力,尤其是践行的能力,那是不公平的。他是短篇小说大师,他延续了香火,这两条足够让我们尊敬。

关于短篇小说,我再说两句。短篇小说都短,它的篇幅就是合围而成的家庭小围墙:第一,它讲究的是"一枝红杏出墙来",

你必须保证红杏能"出墙";第二,更高一级的要求是,它讲究的是"红杏枝头春意闹",你必须保证红杏它会"闹"。王国维说,着一"闹"字,意境全出矣。是的,对诗歌来说,一个"闹"字就全有了,借用韩东的说法,"诗歌到语言为止",这是一个杰出的诗人才有的杰出体验。但是,对短篇小说而言,你需要把这个"闹"字还原成生活的现场,还原成现场里的人物,还原成人物与人物之间的关系。小英子和明海就特别地闹,闹死了,这两个孩子在我的心里都闹了几十年了,还在闹。诗歌到语言为止,从这个意义上说,短篇小说是对诗歌的降低,可是,从另外的一个意义上说,你也可以把它理解成短篇小说是对诗歌的提升,——这取决于你的文学素养,这取决于你的文学才华,这取决于你对自己的要求有多高。

2016 年 5 月 25 日于浙江大学

李商隐的太阳,李商隐的雨

——诗歌里的字

感谢清华大学的同学们,计划里头我是和大家聊小说的,但是,人民文学出版社的赵萍女士给我出了一个馊主意。她说,最近的诗词大会很热,你要讲诗歌。赵萍是我的责任编辑,我的稿费全在她的手上。如何让人文社的钱变成我的钱,是我人生的一件大事。我的经验是,听赵女士的指挥,哪怕是瞎指挥。老实说,讲诗歌我很气短,如果我的演讲让你们失望了,你们一定要替我讨一个公道,编辑是不可以这样欺负作者的。

可我已经站在这里了,干脆就破罐子破摔,挑一个难的,我今天讲李商隐。可李商隐哪里是我能讲的?他的晦涩、闪烁和不确定性在座的都领教过。李商隐的研究者甚众,研究来研究去,公有理,婆也有理,这就不好办了。这是有诗为证的,元好问就说:"诗家总爱西昆好,独恨无人作郑笺。"

——这话很著名,语含讥讽,像使坏。北宋的杨亿等一帮诗人很推崇李商隐,他们模仿李商隐,还出了一本诗集,叫《西昆酬唱集》,所以,后人反了过来,干脆把李商隐的诗说成了西昆体。元好问到底是讥讽杨亿他们呢还是李商隐本人呢,这个我就搞不清楚了。但是,有一点可以肯定,"诗无达诂",谈李商隐就更说不上"达诂"了,也就是元好问所说的"无人做郑笺"。这也不是研究诗歌的人没能力,是李商隐确实太晦涩,太模糊,太闪烁了,对了,他的生平也不清晰,这就给李商隐研究带来了比较大的影响。不过,元好问的话反过来也证明了一件事,在诗歌爱好者里头,喜欢李商隐的人太多了,他魅力无边。

作为李商隐的读者,我没有能力讲李商隐,那我就从李商隐的诗歌里头挑出一些大家都很熟悉的诗句,再选择一两个有意思的点,说一点浮光掠影的浅见,我能做的也就是这个了。

有几样东西相对于诗歌来说是不可或缺的,古今中外都是这样,那就是太阳、月亮、星星、风雨、雷电、雪雾、草木和花朵,简单一点说,就是日月星辰和风花雪月。这是必然的,诗歌是离大自然最近的一种文学样式,诗歌也构成了我们的第二自然。我今天就和大家交流一下第二自然的两个元素,一个是李商隐的太阳,另一个是李商隐的雨。

一、李商隐的太阳

一说起李商隐的太阳,在座的都知道了,我要说的一定是《登乐游原》。是的,那我们就做一个游戏,我们一起回到童年时代,来回望一下李商隐的太阳。

向晚意不适

驱车登古原

夕阳无限好

只是近黄昏

这首诗的中心词是夕阳,不是太阳,这一来我们的范围就小多了。为了把夕阳谈好,我们干脆把游戏做到底,我们再多回望一眼,关于夕阳,还有那些好的诗句呢?最著名的一定是这一首,他来自王之涣——

白日依山尽

黄河入海流

欲穷千里目

更上一层楼

这首诗豪迈、壮阔,它志存高远,完全可以用来励志。事实上,这首诗只写了这两样东西,高,还有远,也许还有高和远之间的关系。这个关系王之涣处理得非常迷人。你听听最后一句,仄仄仄平平。"更"和"上"是两个去声,狠刀刀的,无比地铿锵,音调是向下砸的,含义却指向了高。"层"和"楼"则是两个阳平,韵母嘹亮、悠扬,呈现的自然是远。——又高又远,也就是大,这就是盛唐。它和黄河之水"天上"来是一个路数。意象再加上声音,共同构成了浩瀚的体量,也就是所谓的大唐气象。请注意,读诗歌,尤其是读律诗,和读小说绝对不一样,一定要带上字词的发音。声音是诗歌重要的组成部分。要知道,就为了这些声音,唐朝之前的许多诗人都死在了路上,他们的幽灵在期待后来的大唐。我们在阅读诗歌的时候一定要朗诵,也就是出声,最大限度地体现诗歌的声音之美,也就是音韵之美,也就是音乐之美,这才不辜负唐朝之前的诗人。

生活常识告诉我们,依山而尽的夕阳一般不是白色的,它偏红。但是,相对于太阳,"白"不是对红色的降低,相反,是提升,是白热化。在王之涣的眼里,哪怕是夕阳,那也是白色的,依然保持着充沛的体能,它老当益壮,活力四射。一句话,这是雄伟的夕阳,它在辅助"黄河入海流",也在辅助我们"欲穷千里目"。

依然是夕阳,我们再听听王维是怎么说的:

大漠孤烟直

长河落日圆

你们清华的王国维对这两句诗有一个评价,"千古壮观"。王国维的这句话很提气,真的是千古壮观。曹雪芹也评价过这十个字,在《红楼梦》的第四十一回,曹雪芹假借着香菱的嘴巴,说,"想来烟如何直?日自然是圆的。这直字似无理,圆字似太俗。合上书一想,倒像是见了这景的。要说再找两个字换这两个,竟再找不出两个字来。"

千万不要以为香菱是个苦命的丫头她就没什么审美能力,千万不要以为她说出来的话就一定粗俗。要知道,说这番话的是香菱,写这番话的却是曹雪芹。曹雪芹可是一位诗歌的大家。香菱的话里头涉及一个重要的概念,一个诗歌美学的概念,那就是"无理"。诗歌美学告诉我们,诗歌是讲究趣的,一、情趣。

"遥望洞庭山水色,白银盘里一青螺。""远信入门先有泪,妻惊女哭问如何。"这就是情趣。诗歌的主体当然是情趣。二、理趣。"不识庐山真面目,只缘身在此山中。"这就是理趣,它是存在感,也是认识论。"含情欲说宫中事,鹦鹉前头不敢言。"这也是理趣,它涉及生命的艰难和苟活的智慧。诗歌并不以理趣见长,在有些时候,它也涉及理趣。三、这个就有些邪门了,那就是诗歌的无理趣。是不讲道理、毫无逻辑所带来的独特趣味。这就要涉及诗歌的本质——小说是蓝领,干的是粗活和脏活。诗歌是谁呀?是格格,是贝勒爷。格格和贝勒爷当然有格格和贝勒爷的脾气,他刁蛮、霸道,不和你讲道理。你一讲道理他就会对你怒吼——"下去!"清朝的徐骏说,"清风不识字,何故乱翻书。"这是标准的无理趣,清风和识不识字有什么关系?一毛钱的关系都没有。诗人霸王硬上弓,他就是要煞有介事地告诉我们,清风"不识字",还"翻书"呢多可爱,多别致!可雍正小心眼了,他多心了。雍正一多心,徐骏的脑袋就没了。这个太黑暗了。我只能说,胤禛这个人不只是黑暗,他还粗鄙。他不是"略输文采、稍逊风骚",他是没有文采、没有风骚。他的眼里只有朱批,他哪里能懂得诗歌有它的"无理趣"呢。

曹雪芹当然懂,所以,他才会让香菱说,孤烟的直"无理"。"大漠孤烟直,长河落日圆",太没天理了。我想说,这十个字就是十个壮年的和尚,元阳未泄,粗茶淡饭,庄严肃穆。苍凉,雄浑,壮阔,正大。因为这十个字,我信了,我们的历史上确实有过盛唐。这十个字就是盛唐的证明书和说明书。这就是时代与文学。

可同样是夕阳,到了李商隐这里,不妙了。这也是时代与文学,李商隐的夕阳和豪迈无关,和"千古壮观"也无关。李商隐的夕阳是忧伤的、压抑的、神经质的,充满了难以言说的悲剧性。我要说,《登乐游原》写得好,虽然气质不同,但李商隐的夕阳和王之涣、王维的夕阳是同一条地平线上的景观。

如果有人来问你们,这首诗最出彩的地方在哪里?那还用说,闭上眼睛回答呗,"夕阳无限好,只是近黄昏"。那好吧,既然这两句好,那我就不说它了。我是作家,我不在意好这个结果,我在意的是,它怎么就好了?一个作者,他是如何让诗句好起来的呢?

在这首诗的第二句里头,有三个字很容易被我们这些诗歌爱好者们所忽略,登古原。"驱车登古原"的登古原。它太普通了,几乎就无话可说。可是,关于这三个字,我有两点要说。一个是登,一个是古原。

我们倒过来,先看"古原"。

这两个字很好理解,它就是一地名,或者说,地点,也就是李商隐观看夕阳的落脚点,但是,对这首诗来说,这个地名太讲究了,某种程度上说,比"夕阳无限好,只是近黄昏"还要讲究。

这个"古原"不是泛指,它是确定的,就是长安城南的乐游原。附带说一句,诗歌的题目和小说的题目很不一样,诗歌的题目有时候也是诗歌的内容,它们是一个整体,不容错过。乐游原也就是先前的乐游庙,始建于汉宣帝时期。它是一个旅游胜地,到了李商隐的时代也还是这样。

有一出昆剧,叫《夜奔》,写的是林冲背叛体制奔赴梁山的故事。就在夜奔的路上,林冲有一句唱,他一步一回头——

> 专心投水浒,回首望天朝;急走忙逃,顾不得忠和孝。

林冲是八十万禁军的教头,体制内的武官,现在,他造反了。我们都知道,林冲造反是被逼无奈,心里头并不情愿。所以,林冲在造反的路上不停地做两个动作,一是逃跑,二是回头,回头就是"望天朝",也就是遥望首都。他不甘心哪。混得好好的,却要去做土匪,对林冲来说,这个太纠结、太矛盾、太痛苦了,可以说痛彻心扉。

李商隐来到"古原"是不是为了"望天朝"? 我们不知道,不好这么说;那么,他是不是专门来看夕阳的呢? 也不好这么说。我们能够确定的只有一点,人家心情不好,"向晚意不适"了嘛。附带说一句,"向晚意不适"有两种不同的解释,有人解释成"昨天晚上就心情不好了",也有人解释成"临近傍晚的时候心情不好了"。——诗无达诂,不管怎么说吧,倒霉的李商隐满腹的忧郁,他从市区来到了郊外,他要散散心。

说起"意不适",李商隐这个人可怜了。他不是偶尔地"意不适",而是经常性地"意不适"。可以这么说,他的一生就是"意不适"的一生。为什么呢? 道理很简单,青年李商隐曾经是官场的希望之星,但最终,他成了官场上极其不得志的人。严格地说,还不是不得志,他是一个在政治上被判处了死刑的人。

我知道大家对李商隐的生平很熟悉了,但是,为了把话说清楚,我在这里还是要再啰嗦几句。李商隐是一个公认的天才,也是一个公认的苦孩子。他十岁丧父,后来老师也死了,很惨。可命运终于给了李商隐一个转机,他被天平军节度使令狐楚看中了,成了令狐楚的儿子,也就是令狐绹的伴读。这固然是李商隐的一个转机,也是李商隐人生悲剧的一个起始。被令狐楚看上了,意味着一件事,李商隐在政治上就此"站队"了,祸根就此埋下。令狐绹后来做了很大的官,一直到宰相。可以说,作为令狐绹的伴读,李商隐的的确确过了几天风光的好日子,我们可以在许多豪华的派对上看到这个年轻人的身影。18岁的李商隐写道:"虽然同是将军客,不敢公然仔细看。"在纸醉金迷的派对上,作为贵公子的"身边人",将军的客人,面对如云的美女,李商隐手足无措,自卑,亢奋,想看,又不敢看。有一点却毋庸置疑,这个自卑的和亢奋的青年既是一颗文坛的新星,同时也是一颗政坛的新星,他拥有了非常坚固的政治靠山。

公认的说法是,是一场婚姻彻底毁灭了李商隐。他娶的那个姑娘是谁?泾源节度使王茂元的七女儿。麻烦就此来临。令狐楚属于牛党,而王茂元则属于李党,我们耳熟能详的"牛李党争"说的就是这个。它是压垮大唐帝国的最后一根稻草。李商隐的爱情与婚姻一下子就把他放在了两大政治势力的夹缝里头。陈寅恪说:"(李商隐)本应始终属于牛党,方合当时社会阶级之道德。"陈寅恪说得对,李商隐的婚姻让他三面不讨好:一、在牛党的这一头,李商隐是叛徒。二、在李党的这一头,李商隐终究不是自己人。三、在吃瓜群众看来,李商隐这小子太投机,两面钻营,是宵小。一颗政治新星就此陷入了黑暗。——关于李商隐,第一个结论是明确的,就个人的前途而言,李商隐是一个看不到任何希望的人,这样的人除了"意不适",又能如何?

还有一点必须要做一个补充,就在李商隐写作《登乐游原》的时候,唐朝已经不行了,可以说了无生气,政治上非常混乱。为了在混乱当中重组政治力量,当朝皇帝唐武宗刚刚完成了一次组织上的大洗牌,他重用了李党的首领李德裕,也就是李商隐所"背叛"的那一拨势力。这个时候的李商隐才多大?三十出头。由于李商隐的生平不详,就算这个说法有疑问,最多也不会超过四十岁。这是一个男人最为鼎盛的时期,可惜了了,没用。我们来算一算哈,这个时候的大唐只剩下最后的五十多年了,离黄巢起义也只剩下区区的三十来年。李商隐,作为一个唐人,盛唐的消息犹在耳边,李白与杜甫的声音犹在耳边,可是,到了他这儿,坏事儿了,说不行就不行了,世纪末的败象业已出现。同学们,历史的嬗变不可能是突如其来的,不是地震,哗啦一下就面目全非了。它有一个过程,它会有种种的迹象,它会越来越差,就等最后的一击。李商隐是多敏感的一个人,对"国将不国"的种种颓势他不可能熟视无睹。李商隐又能做什么呢?忧患。这是中国历史上特别重要的一个关键词,这个词和中国的知识分子永远联系在一起。我们这个国家是一个"家国同构"的国家,读书人读书、"学而优则仕",既是为了自己,也是为了国家。这就是我们的文化,我们的知识分子们习惯于把个人的命运和国家的命运对等起来,要忧患的,所谓"先忧而忧"。这是我们知识分子的集体无意识。——关于李商隐,第二个结论也是明确的,敏感和脆弱的诗人处在了世纪末,他除了忧患,除了"意不适",他不可能有其他的心理出路。

好吧,一个"意不适"的人,一个一天到晚,长年累月"意不适"的人,他来到乐游原了。刚才我说了,硬说李商隐来到东游原是为了"望天朝"是说不通的,但是,你要说他没有"望天朝"就更说不通了。李商隐一定"能够"望见天朝,他在"望天朝"的过程当中内心一定会有许许多多的波动。我怎么能那么肯定?就因为一个字,"登","登古原"的登。

我们再来看看"登"。

何为"登"?由低到高谓之登。这个"登"清清楚楚地告诉我们,乐游原的地势比长安城高,站在乐游原是可以鸟瞰首都的。用电影术语来说,在乐游原,可以获取一个长安城的大全景。这里的登,其实就是"欲穷千里目、更上一层楼"的意思。现在,李商隐来到乐游原了,他想不想"望天朝"是次要的,他想不想看夕阳也是次要的。"天朝"就在眼前,夕阳宛若对面。无遮无挡,一览无余,你不想看都不行。他只能看,必须看。

"登",多么普通的一个字,现在,它落实在"古原"这个词的前面,诗歌一下子就抵达了它的制高点。这三个字就是一个放大器,后面的两句是什么呢?我们现在还不知道,但是,有一点是可以肯定的:如果后面的情绪是正能量,那个正能量会裂变,会成倍的放大;如果后面的情绪是负能量,负能量也会裂变,也会放大许多倍。——如何让诗歌内部的情绪或者情感裂变、放大、升腾、变异,是诗歌的一个秘密,一个灵魂。无论如何,诗歌是一个靠情绪或者情感的势能所推动的一种东西,失去了这个势能,诗歌就不再是诗歌。

为了把这个问题说清楚,我必须要岔开,强调一件事,那就是诗歌的计量单位。

小说的计量单位是章节,你读小说想读出意思来,起码要一章,否则你都不知道小说写的是什么。散文的计量单位是句子,我们所读到的格言或者金句,大多来自散文。诗歌的计量单位则极其苛刻,是字。要想真正领会一首诗,第一要素是小学的功夫,每一个字都要落实。所谓"吟安一个字,捻断数茎须"。这是诗歌的艰辛,也是诗歌的乐趣。作为一个写作的人,我常说,要想真正理解语言,最好的办法是去读诗,它可以帮助你激活每一个字。诗歌是由字组成的,反过来,也只有诗歌才能体现字的终极价值,诗歌能彻底解放每一个字。请注意,我用了一个分量很重的词——解放。当一个字遇上好的诗句时,它会亢奋,载歌载舞,流芳千古。

为了把话题深入下去,我还是拉大旗作虎皮吧。我还是来引用你们王国维的话,它强调的正是字的重要性。这句话来自《人间词话》。王国维说:

"红杏枝头春意闹。"著一"闹"字,而境界全出。

这句话是诗歌史上最为著名的判断之一。王国维的意思再清晰不过了,他说,就一个字,"闹",它带来了境界。

王国维对字的重要性做了最为充分的肯定,我当然同意。但是,对王国维的这句话,我恰恰不敢苟同。仅仅一个"闹",它没那么伟大,再怎么说,对一首诗来说,一个字无论如何也没有如此神奇的功能。

干脆,我们把"红杏枝头春意闹"这句诗拎出来,做一个分析。我们一个字一个字地看过去——

第一,红。这个"红"发生在什么时候?三月到四月。这个时间点在诗句里并没有出现,其实又是出现了的,它暗藏在"杏"的背后。如果是红梅的"红",那就是三九。梅花"红"的时候很冷,那个时候的风是刺骨的、彪悍的、凄厉的。现在,"杏"花红了,也就是三月了或者四月了,这个时候的风它叫春风,它和煦、微凉、温暖,小小的,软软的,很绵,有一阵没一阵的。

第二,头。枝头的头。这个"头"字也是一个关键字。常识告诉我们,一棵树是比较坚固的,但是,树枝的枝头往往比较细、比较软,这一来它就不再坚固,也就是不再稳定,它对风的反应最为敏感也最为强烈。微风吹过,它会摇曳,它会颤动,它能生姿。这个很要紧,只有敏感的诗人才能关注到位置最高、动态最为妖娆的那一朵杏花。

第三,意。春意的意。春有"意"么?没有。草木无情,时光无情,春天哪里来的"意"?所谓的"春意",完全是诗人自己的胡诌,借用香菱的说法,是不讲理。你能要求暖意融融的春风中一朵摇摇晃晃的杏花讲道理么?不能。这和你不能在情人节的那天要求你的女朋友讲道理是一个道理。诗歌就是语言的情人节。

第四，闹。严格地说，"闹"这个字不好，很俗。在座的都是年轻人，年轻人要恋爱，恋爱就要使小性子。在恋爱的过程中，你们的男朋友或女朋友对你们说得最多的那句话是什么？——别闹了，——你别闹了。是的，"闹"这个字是世俗的，在许多时候，它不可以"入诗"。

可问题就在于，在三月，或者四月，在遥不可及的枝头，一朵越来越红的杏花得到了春风的求爱，它在摇曳，它在颤抖，它千姿百态，它不能自已，人家要放电，人家想晒幸福。——你就不能让一个刚刚被求爱的少女"作"一回、"闹"一回么？闹，这个很俗的字，刹那间高级了，它获得了前所未有的美学能量，它获得了前所未有的美。我们能做的只能是点赞并转发。就连王国维这个老冬烘也熬不住了，他跟了帖，还点了赞：著一闹字，境界全出！

听得出来了没有，王国维的点赞极不冷静，这个可以理解。他的眼睛从红——杏——枝——头——春——意——上滑了过去，当他看到"闹"这个字的时候，他身体内部的力比多一下子被激活了，不冷静的王国维把所有的赞美都给了最后一个字，闹。我想说的是，我们现在不是读诗，是在分析和研究诗，那我们就需要冷静。在我看来，"闹"这个字无论如何也构不成王国维所看重的那个"境界"。

现在的问题是，境界是什么？

刚才我说了,诗歌的计量单位是字。字的本意是什么?是信息。每个字的内部都有它相对稳定的信息,否则语言就没用。我们在大学的课堂里头,所索求的正是老师们的字、老师们的语言。通过这些字、这些语言,我们获取了我们所需要的那个稳定的信息。所谓的语言,就是信息与信息的叠加。

但是,在诗歌里头,特殊了。在字和字之间,在信息和信息之间,它不是叠加的关系,它不用加法,它是化学。当化学的反应到了一定的地步,无中生有的事情就发生了,一个神奇的"地方"就出现了。这个地方不叫金融界、文学界、教育界和商界,它叫境界。听上去挺不错,还有围墙呢。可是我必须要强调,境界没有围墙,它没有物理属性,没有维度,它是无时空的,所有的科技手段都找不到这个地方。境界是精神,是灵魂,也涉及智慧。它也有工具,叫想象力。

说到这里,我想大家都明白了,境界是一个系统,一个精神的、灵魂的、智慧的系统。当"闹"这个字体现出美学力量的时候,原因就在于,它前面还有6个字,是6+1构成了一个特殊的系统。相对于诗歌的境界,一个字都不能少。少了一个元素,所谓的化学反应就不能实现。

回到李商隐吧。因为"向晚"的或者"长期"的"意不适",李商隐憋屈,李商隐郁闷,他太需要一声叹息了,它太需要天下的人都能听到他的一声长叹了——

此生休矣!所有的一切都是回光返照罢了。

李商隐"登"了上去,他站在了"古原",他向北看了一眼,他在眺望天朝,内心有大不甘、大痛苦,"贾生年少虚垂涕,王粲春来更远游"。——怎么就没人来提拔我呢?我有能耐的呀。

可是,这话他能说么?不能。不说他熬得住么?也不能。此时此刻,长安城的屋顶像汹涌的海面,而残阳如血。李商隐的目光从汹涌的屋顶转向了西面,夕阳正姣好,姣好在坠落。一秒钟都没到,一口鲜血从李商隐的口中喷了出来——

夕阳无限好,只是近黄昏。

这真是要人性命的千古一叹。

冷静,请冷静。我还有话要说。李商隐并没有吐血,我们的游戏也还没有结束。现在,我想做一件可能是无聊的,更可能是意义重大的游戏。"登古原"这三个字的意义究竟有多大呢?好,我想把"夕阳无限好,只是近黄昏"孤立开来,看看这两句诗究竟能有多好。现在,我把《登乐游原》改写一下,题目也换一换,叫《去小河边》。我们把李商隐的诗和改写过的诗放在一起,请同学们自己来比较比较——

登乐游原	去小河边
李商隐	改写诗
向晚意不适	向晚意不适
驱车登古原	驱车小河边
夕阳无限好	夕阳无限好
只是近黄昏	只是近黄昏

同学们,就因为三个字的变动,"夕阳无限好,只是近黄昏"

顿时就成了乡村的风景画,挺漂亮;或者说,成了刚刚离婚的女人在感叹人老珠黄,挺伤心。还能有什么呢?不比不知道,一比吓一跳。没有对比就没有伤害,就这样。

我们一定要知道,在李商隐的时代,长安城没有摩天大楼,一个诗人,他想看夕阳、他想描绘夕阳,完全用不着"登古原",太费事了嘛。他在小河边就可以了,在窗户前也可以。但是,对于李商隐来说,对一首真正的诗歌来说,"驱车小河边""来到窗户前"都不可以,绝对不可以。"小河边"与"窗户前"它顶不住。它不配。它构不成"好诗"的系统,它无法抵达王国维所崇尚的那个"境界"。

同样是"夕阳无限好,只是近黄昏",现在,它们跟在了"登古原"的后面,它获得了宏大的、孤冷的,也可以说孤冷寂静的势能。好风凭借力,它开了,浩荡了。它的空间感、历史感、命运感,它的格调、局面,一起得到了升华,刹那间就气象万千。这里的"夕阳"可以是自然的现象,也可以是个人的遭际,也可以是国家的命运。它是画面,也是哲学,也是历史,悲伤、忧戚、不堪,个人的情绪,内心的风吹与草动,一起上升到"诗"的那个层面上去了,一句话,上升到了语言美学的层面上去了。我想这样说,即使是抒发负面的情绪,即使是哀叹、发牢骚,唐诗就是唐诗,气象就是气象。一句话,诗歌就是这样,在字和字的化学反应之后,它能"质变"。通俗地说,它是这样的——

大麦+高粱+绿豆+水=酒

黄沙＋石子＋钢筋＋水泥＝摩天大楼

回到一开始。我说,"夕阳无限好,只是近黄昏"很好,可我不在意它。我们的游戏告诉我们,是"登古原"这三个字把它们"推上去"的,是"登古原"这个放大器让它们质变的。同学们,听我的,这个世界上没有所谓的千古名句,如果有,一定是作者有效地完成了他作品里头的"系统"。

现在,许多老师都在教导学生学习那些"千古名句",我在年轻的时候也是,一见到"好句子"就抄在日记本上。没用。要想理解诗、懂得诗,孤立地读句子是没用的。我们要面对的是诗歌的整体,同时还要理解诗歌内部的每一个字。注意,是每一个字。为了这个"系统",顶级的诗人会让诗歌内部的每一个字都抵达极限,甚至是获得新生。这个极限也包括字的发音。这就是李商隐的太阳给我的启示。

二、李商隐的雨

啰嗦了半天,只说了李商隐的太阳,该说雨了。说起李商隐的雨,大家的第一反应无疑是"巴山夜雨涨秋池"。这首诗太有名了,我估计在座的同学在四五岁的时候就能背了。

　　君问归期未有期
　　巴山夜雨涨秋池

何当共剪西窗烛

却话巴山夜雨时

在许多不同的读本里头，人们习惯于把这首诗叫做"爱情诗"。其实，这首诗有麻烦。首先是题目。有些版本叫《夜雨寄内》，另一些版本则叫《夜雨寄北》。

如果这首诗叫做《夜雨寄内》，那么，李商隐所"寄"的对象，只能是他的"内"人，也就是王茂元的七女儿王氏。可是，这个说法不能成立。别忘了，诗歌里有一个关键词，叫"巴山夜雨"，这说明了一件事，李商隐那时候在川东，那是大中六年。大中六年王氏已经过世一年多了，这个"内"是"查无此人"的。

假如《夜雨寄内》能够成立，必须是"内"人王氏还活着的时候。如斯，大中二年尚有一些可能性，那一年李商隐从桂林返回洛阳，随后又去了一趟巴蜀。可是，这个也成问题。李商隐从桂林返回洛阳的时节是秋季，他留下了一些作品，遗憾的是，这里头并没有《夜雨寄内》。

那么，《夜雨寄内》是不是李商隐第二次出游巴蜀时候的作品呢？可能性也不大。道理很简单，《夜雨寄内》有一个关键词，"秋池"，换言之，还是秋天。李白是怎么说的？蜀道之难难于上青天。在同一个秋季，李商隐去了两趟巴蜀，以当年的交通水平，可能么？

《夜雨寄内》说不通，也好，那就《夜雨寄北》。但是，问题又来了。"北"是一个空洞的概念，它有可能指代王氏，也有可能不是。如果不是王氏，那么，和李商隐一起"共剪西窗烛"的那个人又是谁呢？既然是爱情诗，如果那个女人不是王氏，而是其他的女人，那李商隐就是搞外遇，这也不是不可能。但是，选本里头明目张胆地硬说成"爱情诗"，通常不会这样。

我为什么要说这些呢，因为父亲的缘故，我很年轻的时候就喜欢李商隐了，有关他的书，逮着了都要翻一翻。说实话，我越看越糊涂。我想说，关于文学，尤其是关于诗，有些地方宜细不宜粗，有些地方则宜粗不宜细。作品和作者的私生活，它们之间的关系无限地复杂。我们不能用简单逻辑去面对这个问题。关于李商隐的爱情和爱情诗，我特别想说这样的几个看法：

首先，我在前面也说了，李商隐十岁丧父，健康也不好，有一度，他表面上做了一个小官，其实是令狐绹的伴读，质之，就是寄人篱下。婚后，老丈人出于对女儿的同情，收留了李商隐，李商隐也还是寄人篱下。这样的人生际遇对他的性格是有影响的。林黛玉说，她"最不喜欢李义山的诗"，这话我信，也不信，林妹妹的话我们要从两头看的。在骨子里，林黛玉和李商隐有很大的类似性，她寄人篱下，寄人篱下的李义山林黛玉她喜欢不起，一想起来内心就是一个洞。岔了，我们不讨论这个。总体上说，无论是李商隐的传记还是李商隐的诗作，他给我们留下的是这样一个印象：柔弱、敏感、胆小、多情、缠绵。因为和令狐绹厮混在一起的缘故，他见过大世面，经历过大场面。《琵琶行》里说："五陵少年争缠头，一曲红绡不知数。钿头银篦击节碎，血色罗裙翻酒污。"高端、豪华、奢侈、放荡，这固然是琵琶女的生活，说到底，这更是公子哥的生活、令狐绹的生活，附带着也必然是李

205

商隐的生活。泡在这样的生活里头,我不敢说李商隐的情爱生活有多丰富,可是,他见得太多了,这话总能成立。别忘了,那可是唐朝,富足而又开放。李商隐见得多、经历得多,又多情又胆小,内心当然"有故事"。青年李商隐的情感生活无疑是一笔糊涂账,谁认真谁傻。

其次,李商隐是诗人,他在写诗,不是写思想汇报,更不是填写工作报表。写诗的动机极为幽暗、极为复杂,是情绪化的,那是真真假假、假假真真的,一阵风、一片云都可以让一个诗人产生爱意或一首诗,说不定还能"幻化"出一个美女来,不可以?我是一个写小说的,以我的切身体会来说,用作品去考证私生活,用私生活去考证作品,通常会缘木求鱼。

再次,李商隐的诗歌大体上可以分作政治诗和爱情诗这两个部分。有一点我们不能忽视,李商隐是一个政治抱负很大的人,说得直白一点,想做大官,这是正常的。可是,"虚负凌云万丈才,一生襟抱未曾开",这是崔珏对李商隐的政治总结,太沉痛了。一个一心想做大官的人又做不了大官,他能怎么说呢?也不能直说是不是?那就写单相思。所以,在李商隐的身上,他的政治诗和爱情诗通常是合一的。我们不能把中国古典诗歌里的爱情仅仅看作爱情。这个常识特别地重要。

诗歌里的爱情不是两性之间的爱情,这可不是李商隐的发明,是我们的诗歌传统和文学传统。屈原就这么干了,甚至,《诗经》里头也是这么干的。拿美女起兴、拿美女作比、拿美女直接来敷陈,甚至,拿美女和爱情当作道德与理想的寄托,属于古典诗歌的常规操作。

我是这么看的,不管诗人的私人生活多么的复杂,你既然写了爱情诗,那么,我干脆就当作爱情诗来读,爱情诗总归是美好的。从政是少数人的事情,但爱情是每一个人的大事。

为了方便,在下面,我一律把这首诗叫做《夜雨寄北》。

我为什么要来讲这首诗呢?原因有两个:一,这首诗不复杂;二,这首诗太复杂。

先说不复杂。这个不复杂首当其冲的是诗歌的语言,它太简单了,几乎就是口语。考虑到李商隐诗歌语言的复杂性,这首诗的简单出乎我的意料。和李商隐的其他作品比较起来,《夜雨寄北》显得非常特别,——他李商隐居然不用典了,他李商隐也肯平白如话了。一般说来,性格强势的人用语简单,性格柔弱的人偏于复杂。老实说,有时候我也怀疑,这么直白的语言是李义山写的么?就语言风格而言,如果你告诉我这首诗是李煜的作品,我信。李煜的词句偏于婉约,性格也未必就自信,但是,他毕竟是做了皇帝的人,在语言的使用方面,心气和胆略到底不一样,具体说来,就是敢用大白话。这个大白话构成了李煜特殊的味道,其实没几个人敢那么写。

李商隐的诗句偏于奇异。他怎么肯让他的《夜雨寄北》如此简单、如此明了的呢?想来想去,还是他情到了浓处、情到了真处。借用网络上的说法,他有"真爱"。在"真爱"面前,他想"告白"。急切的"告白"愿望让李商隐顾不上"拽词儿"了。我有一个假设,这首诗不是李商隐苦吟出来的,很急,类似于杜甫的《闻官军收河南河北》。是的,对"真爱"的"告白"就必须有对待亲人的样子,你暧昧啥呢?你纠结啥呢?你闪烁啥呢?直截了当地说呗,类似于脱口而出。对李商隐来说,这个"另类的冲动"让《夜雨寄北》直指人心,分外地动人,一口一个牙痕。

然而,这首诗真的不复杂么?不是的。这首诗委实又太复杂了。就因为这首诗,李商隐创造了一项吉尼斯世界纪录,是一项文学记录,——他描绘了诗歌史上最漫长的一场秋雨。这场雨到底有多长?我们来看看。

一首七绝应该是 28 个字,可是,李商隐只用了 23 个。李商隐只用了 23 个字就写成了文学史上最为漫长的一场雨,秘诀是什么?是李商隐天才地处理了诗歌内部的时空关系。

一般说来,处理时空关系是小说家的事。没有一个小说家不为处理时空而煞费苦心。实际上,《夜雨寄北》这首诗虽然只有 23 个字,其实是有故事性的,尤其是有戏剧性。它更像一部长篇小说。可以说,一部巨大的长篇小说就隐藏在《夜雨寄北》的内部。

关于时间,我有一点补充说明。

时间可以分成两种,一种是通常意义上的、可以统计的时间,我们把它叫做物理时间。但是,时间这东西很鬼魅,它既是物理的,也是心理的和文学的,在电影上还有一个专业名词,叫银幕时间。——某个小伙子,他面对着镜头,一秒钟之后,小伙子的脸上出现胡子了,十年就这么过去了。在电影院里头,这个一秒是物理时间；而银幕上呢，这个一秒却是十年。这样的时间处理我们必须认可，否则电影就没法拍了，小说也就没法写了。物理意义上的时间无比精确，一分就是一分，一秒就是一秒，这是刚性的。而心理和文学意义上的时间则充满了弹性。可以这样说，心理和文学的时间弹性构成了艺术的难度，起码是难度之一。

李商隐是一个诗人，但是，在《夜雨寄北》里头，他在时空的处理方式上已无限接近于小说，甚至是电影。我们来具体地看一看，这个太好看了——

先说诗的题目：夜雨寄北——我们可以把写回信的那个夜晚界定为此时，也就是现在进行时；回信的那个地点呢，我们界定为此地。

君问归期未有期——

看信是现在进行时，此地。信里头的"问"不是"我"的问，是"君"的问，是她在写信时问的，这个动作只能是过去完成时，彼地。那么好的，回信人开始回答了，又回到了现在进行时，此地。回答的内容是什么呢？它指涉的是将来，当然是将来时，彼地。请大家注意一下信息量，就7个字，仅仅是时空关系就颠倒了好几个来回，噼噼啪啪的。

巴山夜雨涨秋池——

作者的现场。现在进行时，此地。这是一段漫长的景物描写，是夜景，一个长镜头。和第一句的快问快答或不停地闪回比较起来，这一段的节奏突然变慢了，很慢，也许有好几个小时。

我怎么知道是好几个小时的?是常识告诉我的。秋天的雨不是盛夏的暴雨,它很小,很小的雨要涨满水池,不可能是一眨眼的工夫。可以说,这个"涨秋池"写的就是时间,是时间的慢,时间的难熬,也可以说,这个"涨秋池"就是心理,孤独、寂寞和忧伤。回信人的孤独、寂寞与忧伤伴随着时间的流逝在上升,在往上涨。这一句是很抒情的。这也是中国诗歌的妙处,我们的诗人到了需要抒情的时候,他反而会没心没肺地写景。这和西方小说里的写景有极其巨大的区别。我们的抒情很像京戏里头青衣的水袖,青衣害羞了,她会把水袖抬起来,遮住脸。照理说,害羞是面部的内容,然而,京剧就是这样,不让你看面部,只让你看水袖。在这里,水袖反而成了情绪。让情绪物质化,这是我们的特征。这也不是什么艰深的理论,它就是我们这个民族性的表现方式。

"巴山夜雨"这四个字结合得好。巴山,很偏僻,很遥远;夜雨,什么都看不见,也许都没什么动静。雨是自上而下的,李商隐却把这个动态写反了,水在自下而上,它悄无声息。它很像我们内心的情绪,悄无声息地就上来了。仿佛寓静于动,实则寓动于静。

这里写的是雨,是水的动态,骨子里,写的是时间。是孤独与寂寞的长夜。这里不再是物理时间,它比物理时间要长,要缓。

何当共剪西窗烛——

时间哗啦一下拉到了遥远的未来、很远很远的未来。将来时,彼地。我说了,时间哗啦一下拉到了遥远的未来,有没有人对"遥远"提出异议?大家想想,我说"遥远"是不是夸张了?

我没有夸张。诗人在第一句说得清清楚楚,我的"归期"是"未有期"。一切都是不确定的。我想说的是,"共剪西窗烛"是一个温馨的画面,一个幸福的画面,但是,在这里,它一点也不温馨、一点也并不幸福。它是冷的,残酷的。为什么,因为这句诗遭到了当头的一棒,这个棒子是一个字,"何"。"何"是一个疑问副词,它在发问,它不确定,是虚的。可能是两个月之后,也可能是二十年之后。这里的时间是已经绝对和物理时间无关了,第一,它是假想的,现实生活里并不存在;第二,它不能落到实处,它比慢还慢,也可以说,要等,等待的内容也还是等。

却话巴山夜雨时——

将来过去时,彼地,却又是此地。时间绕了一个巨大的圈子,回到了原点。"却"是回过头来的意思,很肯定,把一切都落到了实处,但是,由于它对应的是"何",它又不能肯定了,这个"实"还是"虚"的,是"画饼充饥"里的饼。在这里,时间变得很魔幻了,像拉面师傅手里的面,一会儿是面团,一拉,成了面条,再一拉,又成了无数的面条,无限地纷繁。

大家想起什么了没有?

现代主义文学里头有一种文学思潮,叫魔幻现实主义。有一本小说叫《百年孤独》。它的开头是这样的:

> 多年以后,奥雷连诺上校站在行刑队的面前,一定会记得他的父亲带他去看冰块的那个遥远的下午。

这句话我经常讲,讲的就是时间问题。小说叙述者的叙述时间当然是现在,它描绘的却是将来;站在将来的角度,所谓的"多年以后",又成过去完成时了。这就有点绕了。有人也许会问,你们写小说的就是喜欢绕,吃饱了撑的!真不是。我想提醒大家一下,马尔克斯要记录的是马孔多的百年史,如果他按照物理时间的顺序,那么,这篇小说的篇幅将是惊人的,最起码也是多卷本的长篇小说。通过魔幻现实主义的手法,作者压缩了时间,小说的篇幅一下子缩短了很多。可以说,魔幻现实主义改变了小说的历史,它让小说的篇幅变小了,换句话说,容量变大了。所以,马尔克斯很自豪,他对他的太太说,他"不是在写小说,而是在发明小说"。

大家发现了没有,我们的李商隐在《夜雨寄北》里头早就使用这种方法了,几乎是一模一样的。大家要是有兴趣,回到图书馆去对照一下,你们一定会获得阅读的快感。当然,我也要讲良心话,小说的主要功能在叙事,既然是叙事,在处理时间这个问题上,叙事的难度就要高得多。马尔克斯说他在"发明"小说,一点也没有吹牛。就拿我们中国九十年代之后的小说来说,无论是长篇还是短篇,尤其是长篇,篇幅都缩短了,层面更厚实了,这个首先要感谢马尔克斯这位发明家。

回到李商隐。《夜雨寄北》这首诗最大的魅力就在于压缩了时间。

但是,时间是压不住的,它一定会反弹。这个反弹在哪里实现的?在读者这里。如果我们是一个合格的、称职的读者,在我们阅读《夜雨寄北》的时候,首先看到的将是一个不可思议的画面——

时间在我们的眼前"轰"的一声爆炸了,时间升腾了,同时打开了它的蘑菇云。

我说《夜雨寄北》里头有一部长篇小说的容量,道理就在这里。你如果不信,我们再来做一次游戏。

如果你愿意,你决定写一部小说,小说的名字叫《夜雨寄北》。那么好吧,作为一个小说家,你有哪些内容需要补充呢?

一、在那个地方,我为什么要离开那个"君"?涉及哪些事?涉及到哪些人?

二、我离开了,来到了这个地方,我为什么就回不去了呢?这又涉及哪些人?这又涉及到哪些事?

三、事实上,在这里,我一直也没能回去。我还要面对哪些事?我还要面对哪些人?

四、在漫长的岁月里,在那个地方,那个"君",她如何了?二十年之后,也可能是三十年之后,我回去了,再一次来到了那个地方,有可能人是物非。

五、另一种可能也存在,不是人是物非,而是物是人非。

六、还有一种可能,物非,人非。然而,造化弄人,又把我们安排在了一起。

七、我们一起回忆了过去,回忆起了这个地方,这些人,这些事。我突然明白,当初我离开这个对方,原来是因为这些人,这些事。

八、我们同时还明白了,我在那个地方之所以一直回不来,是因为那些人,那些事。

九、天亮了,蜡烛即将熄灭,我大彻大悟,我的人生早就走完了。外面的雨还在下。和当年的秋雨一模一样。

这里头有颠沛的人生,有苍茫的、鬼魅的、神龙摆尾的、身不由己的命运。老实说,《夜雨寄北》这首诗内部的时间能够产生多大的爆炸当量,完全取决于你的想象力,取决于你的人生阅历。但有一点我可以确定,不管你的想象力是怎样的,你的想象力一定会伴随着潮湿,伴随着无穷无尽的秋雨。

我的数学不行,我不能确定这场秋雨到底有多长,这个问题就交给清华大学的数学天才们吧,你们去慢慢地算。我想告诉你们的是,在我的阅读历史里,再也没有比《夜雨寄北》更长的雨了。

说到这里我只想说,如果李商隐不是生活在诗歌的年代,而是小说的年代,他一定可以成为小说大师。不管曹雪芹喜不喜欢李商隐,我都要说,李商隐是曹雪芹的前生,曹雪芹是李商隐的后世。一个凭诗歌行云,一个借小说布雨。

总结

最后来做一点总结。

李白的诗我喜不喜欢?我喜欢。但是,什么样的诗人更能够代表常态?不是李白,他是天外飞仙,他不是人,他不属于日常生活。谁能代表日常？谁才是人？是杜甫，是李商隐，是曹雪芹。这完全是我个人的趣味，不值得你们去商榷。

我喜欢李商隐的夕阳，喜欢李商隐的雨。当然了，我知道的，用"夕阳"和"雨"这两个意象去概括李商隐是有失偏颇的。但是，夕阳和雨它太顽固了，它们始终伴随着我对李商隐的想象。想来这也是有道理的，李商隐毕竟在夹缝里生活了一辈子，他始终是黑暗的和潮湿的，顶多只是一个"近黄昏"的夕阳，所谓的"无限好"，那可不是"拉仇恨"，属于"自黑"。我心疼他。

我真正想表达的是这个意思，一部中国的诗歌史，说白了也就是一部中国知识分子的夹缝史。李商隐只是其中的一个点。我喜欢这部历史，我也痛恨这部历史。夕阳会有的，夜雨也会有的。李商隐之所以伟大，因为他前有古人，因为他后有来者。

2017 年 2 月 26 日于清华大学

附录：

我读《时间简史》

　　在经典广义相对论中，因为所有已知的科学定律在大爆炸奇点处失败，人们不能预言宇宙是如何开始的。宇宙可以从一个非常光滑和有序的状态开始。这就会导致正如我们所观察到的、定义很好的热力学和宇宙学的时间箭头。但是，它可以同样合理地从一个非常波浪起伏的无序状态开始。那种情况下，宇宙已经处于一种完全无序的状态，所以无序度不会随时间而增加。或者它保持常数，这时就没有定义很好的热力学时间箭头；或者它会减小，这时热力学时间箭头就会和宇宙学时间箭头相反。

——霍金《时间简史》第九章《时间箭头》

　　我一点也不怀疑专业人士可以读懂这样的论述，可是，我读不懂。因为读不懂，我反而喜欢这样的语言。我不知道这样的阅读心理是不是健康，——就一般的情况而言，一个人去读他完全读不懂的东西多多少少有一点自虐，很变态。可我依然要说，我并不自虐,也不变态。因为我知道,喜爱读《时间简史》的人是海量的,——在西方尤其是这样。我和许多人讨论过这本书,有一句话我问得特别多:"你读得懂吗?"得到的回答令人欣慰:"读不懂。"我很喜欢这个回答,直截了当。迄今为止,我还没有遇上能够读懂《时间简史》的人,可我并没有做这样的询问:"读不懂你为什么还要读?"因为我知道,这样问很愚蠢。

读读不懂的书不愚蠢,回避读不懂的书才愚蠢。

《时间简史》这本书我读过许多遍,没有一次有收获。每一次读《时间简史》我都觉得自己在旅游,在西藏,或者在新疆。窗外就是雪山,雪峰皑皑,陡峭、圣洁,离我非常远。我清楚地知道,我这辈子都不可能登上去。但是,浪漫一点说,我为什么一定要登上去呢?再浪漫一点说,隔着窗户,远远地望着它们"在那儿",这不是很好么?

那一年的四月,我去了一趟新疆,隔着天池,我见到了群峰背后的博斯腾峰。它雪白雪白的,在阳光的照耀下,散发出结晶体才有的炫目的反光。天上没有云,博斯腾峰彻底失去了参照,它的白和它的静让我很难平静。我就那么望着它,仿佛洞穿了史前。在那个刹那,我认准了我是世界上最圆满的人,唯一的遗憾是我不是石头,——可这又有什么可以遗憾的呢?我不是石头,我没有站在天池的彼岸,这很好的。当然,我流了一滴小小的眼泪。无缘无故的幸福就这样铺满了我的心房。

和霍金相比,爱因斯坦更像一个小说家。我喜欢他。许多人问爱因斯坦,相对论到底是什么?和许许多多伟大的人物一样,爱因斯坦是耐心的。每一次,爱因斯坦都要不厌其烦地解释他的相对论。但是,情况并不妙,权威的说法是,在当时,可以理解相对论的人"全世界不会超过五个",怀疑爱因斯坦的人也不是没有。最为吊诡的一件事是这样的,1905年,《论动体的电动力学》的编辑其实也没能看懂。天才的力量就在这里:看不懂又有什么关系呢?既然看不懂,那就发表出来给看得懂的人看呗,哪怕只有五个。

人类的文明史上最伟大的一次见面就这样发生了:爱因斯坦,还有居里夫人,——两座白雪皑皑的、散发着晶体反光的雪峰走到一起了。他们是在一个亭子里见面的。《爱因斯坦传》记录了两座雪峰的见面。根据在场的人回忆,他们的交谈用的是德语。所有在场的人都精通德语,但是,没有一个通晓德语的人能听明白爱因斯坦和居里夫人"说的是什么"。是的,他们只是说了一些语言。

然而,在普林斯顿,爱因斯坦这样给年轻的大学生解释了相对论——

一列火车,无论它有多快,它也追不上光的速度。因为火车越快,它自身的质量就越大,阻力也就越大。火车的质量会伴随火车速度的变化而变化。火车的质量是相对的,它不可能赶上光。(大意)

当我在一本书里读到这段话的时候,我高兴得不知所以,就差抓耳挠腮了。我居然"听懂"相对论了。这是我创造的一个奇迹。但是,我立即就冷静下来了,我并没有创造奇迹。理性一点说,爱因斯坦的这番话一头驴都能听得懂。我只能说,在爱因斯坦用火车这个意象去描绘相对论的时候,他是这个世界上最伟大的诗人。在那个刹那,爱因斯坦和歌德是同一个人,也许,从根本上说,他们本来就如同一个人。他们之所以是两个人那是上帝和我们开了一个小小的玩笑,——上帝给了我们两只瞳孔。上帝在我们的一只瞳孔里装着歌德,另一只瞳孔里却装着爱因斯坦。一个玩笑,而已。

但问题是,只有在爱因斯坦诞生了相对论这个伟大思想的时候,他的眼前才会出现一列"追赶光的火车",在爱因斯坦还没有诞生相对论这个伟大的思想之前,他最多只能算一个土鳖版的马雅可夫斯基——

　　火车

　　　你是光

　　　　在奔向太阳——

　　　　　你列席了宇宙最为重要的

　　　　　　一次会议

　　　　　　　你拼命鼓掌

我没有读过《关于光的产生和转化的一个试探性观点》《分子大小的新测定方法》《热的分子运动所要求的静液体中悬浮粒子的运动》《物体的惯性同它所含的能量有关吗?》。不,我不会去读这些。再自虐、再变态我也不会去读它们。可话也不能说死了,说不定哪一天我也会读的。

该说一说毕加索,我那位西班牙本家了。毕加索几乎就是一个疯子。他疯到什么地步了呢?在晚年,他说他自己就是"一个骗子",他说自己根本就没有绘画的才能,他所有的作品都是"胡来";所谓的"立体派",压根就是一个不存在的东西。全世界都被他"骗了"。

我不知道毕加索是不是"骗子",我更不知道他为什么要说自己是"骗子"。但是,有一点我是有把握的,毕加索不是一个疯子。他在晚年说出那样的话也许有他特殊的失望,或者说,特殊的愤怒。千万别以为得到全世界的"认可"他就不会失望、他就不会愤怒。"认可"有时候是灾难性的。——你将不再是你,你只是那个被"认可"的你。"认可"也会杀人的。它会给天才带来毁灭性的绝望。

毕加索有一个特殊的喜好,他爱读爱因斯坦。毕加索说——

"当我读爱因斯坦写的一本物理书时,我啥也没弄明白,不过没关系:它让我明白了别的东西。"

说这句话的人不可能是疯子,至少,他在说这句话的时候没有疯,我估计,他的魂被上帝吹了一口气,晃了那么一下。

——明白了别的东西?实在是太棒了。

无论是爱因斯坦或者霍金,他们的领域太特殊了。相对于我们这些芸芸众生而言,他们面对的是一个过于独特的世界。问题是,他们的资质与才华唯有天风才可比拟,他们的思想深不可测。然而,无论怎样地深不可测,他们到底还是把他们的思想

"表达"出来了。思想和表达只能是一对孪生的兄弟,最为独特的思想一定会导致最为独特的表达,我估计,毕加索一定是给爱因斯坦独特的"表达方式"给迷住了。有时候,"懂"和"不懂"是一个实实在在的问题,来不得半点的含糊;而另一些时候,"懂"和"不懂"根本就不是一个问题。一个来自中国乡村的卖大葱的大妈、一个来自中国乡村的修自行车的大叔,完全可以因为意大利歌剧的美妙而神魂颠倒。他们不可以神魂颠倒么?当然可以。神和魂就是用来颠倒的。

我就是那个来自中国乡村的、上午卖大葱、下午修自行车、晚上写小说的飞宇大叔。

我喜欢读《时间简史》哪里是求知?哪里是对理论物理感兴趣,我喜欢的只是那些稀奇古怪的语言。语言是这个世界上最为特殊的魔方,所有的奥妙就在于语词与语词之间的组合。它是千变万化的和光怪陆离的。

一种语词与一种语词构成了政治;

一种语词与一种语词构成了文学;

一种语词与一种语词构成了经济;

一种语词与一种语词构成了军事;

一种语词与一种语词构成了幸福;

一种语词与一种语词构成了灾难;

一种语词与一种语词构成了爱情;

一种语词与一种语词构成了诅咒;

一种语词与一种语词构成了滥觞;

一种语词与一种语词构成了最终的宣判。

是语词让整个世界分类了,完整了。是语词让世界清晰了、混沌了。语词构成了本质,同时也无情地销毁了本质。语词是此岸,语词才真的是彼岸。语词像黄豆那样可以一颗一颗捡起来,语词也是阴影,撒得一地,你却无能为力。语词是堆积,语词是消融。语词阳光灿烂,语词深不见底。语词是奴仆,语词是暴君。

心平气和吧,我们离不开语词。我们离不开语词与语词的组合,那是命中注定的组合。

是的,毕加索说得多好啊,如果你喜欢读爱因斯坦,你会"明白别的东西"。事实上,阅读最大的魅力就在这里,——我是乞丐,我向你索取一碗米饭,你没有,你却给了我一张笑脸或一张电影票,仁慈的,你是慷慨的。我接受你的笑,接受你的票,并向你鞠躬致谢。

我真的不自虐。正如我喜爱文学的语言一样,我也喜爱科学的语言。科学的语言在我的眼里始终散发着鬼魅般的光芒,它的组合方式构成了我的巨大障碍,可是,这又有什么关系呢?它的背后隐藏着求真的渴望,它的语法结构里有上帝模糊的背影。

自从我知道相对论是一列"追赶光的火车"之后,科学论文在我的眼里就不再是论文,它们是小说。小说,哈,多么糟糕的阅读,多么底下的智商,多么荒谬的认知。然而,天才的科学论文是小说,这是真的。

爱因斯坦告诉我们,"空间—时间"并不是一个平面,它是"有弧度"的,"弯曲"的。他这么一说我就明白了,"时间—空间"其实就是一张阿拉伯飞毯,因为翱翔,它的角"翘起来"了。我们就生活在四只角都翘起来的那个飞毯里头,软绵绵的,四周都是云。这可比坐飞机有意思多了。我要说,"时间—空间"真是顽皮,都翘起来了。

在我还是一个少年的时候,一本科学图书告诉我:宇宙在时间上是无始无终的;在空间上是无边无际的。这是多么无聊的表述。但是,不管怎么说,宇宙的两大要素是确定了的,第一,时间,第二,空间。作为一个人,我要说,人类所有的快乐与悲伤都和时间和空间的限度有关。我要住更大的房子,我要开更快的汽车,我要活更长的寿命。是的,都渴望自己在时间和空间这两个维度上获得更大的份额。

顾拜旦是了不起的。是他建立了现代奥林匹克。我要说,现代奥林匹克的精神满足的不是人类的正面情感,相反,是负面的。它满足的是我们的贪婪。现代奥林匹克的精神在本质上其实就是两条:第一,争夺更多的空间;第二,用最短的时间去争夺最大的空间。现代奥林匹克的精神伟大就伟大在这里,它把贪婪合法化了、游戏化了。它不是灭绝贪婪,而是给贪婪"以出路""上规矩",也就是制定游戏的规则。于是,贪婪体面了,贪婪文明了,贪婪带上了观赏性。最关键的是,现代奥林匹克有效地规避了贪婪所带来的流血、阴谋、禁锢和杀戮。它甚至可以让争夺的双方变成永恒的朋友。

看看所谓的"世界纪录"吧,它不是空间上的数据就是时间上的数据。而那些既不能争夺时间也不能争夺空间的项目就更有意思了,它们会把你限定在假设的时间与空间里头。就这么多的时间、就这么大的空间,很公平。你们玩吧,最能够利用时间或最能够利用空间的人最终都会变成所谓的"赢家"。我想说的是,这个被争夺的时间与空间其实是虚拟的,这一点很关键,它不涉及你神圣的、不可侵犯的房屋、私人领地;不涉及你妻子、你女儿神圣的、不可侵犯的生命。所以,兄弟们、姐妹们,来吧,来到现代奥林匹克的旗帜下,打吧,好好打!使劲打!更高,更快,更强。

在我还是一个乡村儿童的时候,家里一贫如洗。可是,有一件事情却奇怪了,我的母亲有一块瑞士手表,叫"英纳格"。方圆几十里之内,那是唯一的。不是唯一的"英纳格",是唯一的手表。我爱极了那块"英纳格",它小小的、圆圆的,散发出极其高级的光芒。"英纳格",它神奇而又古怪的名字完全可以和"英特纳雄耐尔"相媲美。因为这块表,我崇拜我的母亲。任何人,只要他想知道时间,得到的建议只能是这样的:"去找陈老师。"没有任何人可以质疑我的母亲,我母亲口吻客气而又平淡,其实是不容置疑,这让一个做儿子的备感幸福。——没有人知道什么是时间,没有人知道时间在哪里,我母亲知道,就在她的手腕上。我的母亲是通天的。

在我的童年我就肯定了一件事,时间是手表内部的一个存在。这存在秘不示人,它类似于"上级的精神",需要保密。手表的外壳可以证明这一点,它是钢铁,坚不可摧。好奇心一直在鼓动我,我一直渴望着能把那只叫"英纳格"的手表打开来。我知道的,"时间"就在里头,乡村孩子的想象奇特而又干瘪,时间像蛋黄么?像葵花籽么?像核桃仁么?我这样想是合情合理的,因为我不知道手表的本质在它的表面,我一厢情愿地认定了手表的本质在它的内核。——用我的手指头打开"英格纳",这成了我童年的噩梦。我努力了一回又一回。我的手指头悲壮了,动不动就鲜血淋漓,它们却前赴后继。然而,我没有成功过哪怕一次。等我可以和我的母亲"对话"的时候,母亲告诉我,手表的内部并没有意义,就是零件,最重要的是玻璃罩着的那个"表面"。长针转一圈等于一分钟,短针走"一格"等于五分钟。我母亲的"时间教育"是有效的,我知道了,时间其实不是时间,它是空间。它被分成了许多"格"。这个世界根本就没有什么时间,所谓的时间,就是被一巴掌拍扁了的汤圆。

不幸的事情终于在我读高中的时候发生的。——消息说,一个同学从他的香港亲戚那里得到了一块电子表。这是振奋人心的消息。求知欲让我跑了起来,我知道"英纳格"也就是机械的表达方式,我当然希望知道"电子"——这种无比高级的东西——是如何表达的。拿过电子表,一看,电子表的中央有一个屏幕,里头就是一组墨绿色的阿拉伯数字。我吃了一惊。我再也没有想到时间还有这样的一种直接的方式,就是阿拉伯数。

我在吃惊之余受到了巨大的打击。——"电子"怎么可以这样呢？一点难度都没有。多么粗俗！多么露骨！多么低级趣味！时间，一个多么玄奥多么深邃的东西，居然用阿拉伯数字给直通通地说出来了。这和阿Q对吴妈说"我要和你困觉"有什么两样！我对"电子"失望极了。

但是，这个世界不只有坏事，也有好事。同样是在高中阶段，在一个星期天的下午，我在兴化五日大楼的百货商场里头闲逛。我在柜台里头意外地发现了一款手表。它不是圆的，是长方的。这个造型上的变化惊为天人了。我惊诧，同时也惊喜。上帝啊，在圆形之外，时间居然还有这样一种不可思议的表达方式。谁能想到呢？时间是方的，这太吓人了。——这怎么可能？可是，这为什么就不可能？我被这块长方形的手表感动了好几天，到处宣扬我在星期天下午的伟大发现，"你知道吗，手表也可以是方的"。

我人生的第一次误机是在香港机场。那是上个世纪的九十年代。香港机场的某一个候机大厅里有一块特殊的手表，非常大。但这块手表的特殊完全不在它的大，而是它只有机芯，没有机壳。这是我第一次真正地、完整地目睹"时间"在运行，我在刹那之间就想起了我童年的噩梦。那块透明的"大手表"是由无数的齿轮构成的，每一个齿轮都是一颗光芒四射的太阳。它们在动。有些动得快些，有些动得慢些。我终于发现了，时间其实是一根绵软的面条，它在齿轮的切点上，由这一个齿轮交递给下一个齿轮。它是有起点的，当然也有它的终点。我还是老老实实承认了吧,这个时候我已经是一个三十多岁的人了,我像一个白痴,傻乎乎的,就这样站在透明的机芯面前。我无法形容我内心的喜悦,太感人了,我为此错过了我的航班。这是多么吊诡的一件事:手表是告诉我们时间的,我一直在看,偏偏把时间忘了。是的,我从头到尾都在"阅读"那块硕大的"手表",最终得到的却是"别的"。

回到《时间简史》。我不知道别人是如何阅读《时间简史》的,在我,那是一种非常独特的体验,——我读得极其慢,有时候,为了一页,我会消耗几十分钟。我知道,这样的阅读不可能有所收获,但是,它依然是必须的。难度会带来特殊的快感,这快感首先是一种调动,你被"调动"起来了。我想这样说,一个人所谓的精神历练,一定和难度阅读有着千丝万缕的联系。一个没有经历过难度阅读的人,很难得到"别的"快乐。我甚至愿意这样说,回避难度阅读的人,你很难指望,虽然难度阅读实在也不能给我们什么。

2015 年 4 月 9 日于南京龙江

货真价实的古典主义

——读哈代《德伯家的苔丝》

阅读是必须的,但我不想读太多的书了,最主要的原因还是这年头的书太多。读得快,忘得更快,这样的游戏还有什么意思?我调整了一下心态,决定回头,再一次做学生。——我的意思是,用"做学生"的心态去面对自己想读的书。大概从前年开始,我每年只读有限的几本书,慢慢地读,尽我的可能把它读透。我不想自夸,但我还是要说,在读小说方面,我已经是一个相当有能力的读者了。利用《推拿》做宣传的机会,我对记者说出了这样的话:"一本书,四十岁之前读和四十岁之后读是不一样的,它几乎就不是同一本书。"话说到这里也许就明白了,这几年我一直在读旧书,也就是文学史上所公认的那些经典。那些书我在年轻的时候读过。——我热爱年轻,年轻什么都好,只有一件事不靠谱,那就是读小说。

我在年轻的时候无限痴迷小说里的一件事,那就是小说里的爱情,主要是性。既然痴迷于爱情与性,我读小说的时候就只能跳着读,我猜想我的阅读方式和刘翔先生的奔跑动作有点类似,跑几步就要做一次大幅度的跳跃。正如青蛙知道哪里有虫子——蛇知道哪里有青蛙——獴知道哪里有蛇——狼知道哪里有獴一样,年轻人知道哪里有爱情。我们的古人说:"书中自有颜如玉",它概括的就是年轻人的阅读。回过头来看,我在年轻时读过的那些书到底能不能算作"读过",骨子里是可疑的。每一部小说都是一座迷宫,迷宫里必然有许多交叉的小径,即使迷路,年轻人也会选择最为香艳的那一条:哪里有花蕊吐芳,哪里有蝴蝶翻飞,年轻人就往哪里跑,然后,自豪地告诉朋友们,——我从某某迷宫里出来啦!

出来了么?未必。他只是把书扔了,他只是不知道自己错过了什么。

《德伯家的苔丝》是我年轻时最喜爱的作品之一,严格地说,小说只写了三个人物:一个天使,克莱尔;一个魔鬼,没落的公子哥德伯维尔;在天使与魔鬼之间,夹杂着一个美丽的,却又是无知的女子,苔丝。这个构架足以吸引人了,它拥有了小说的一切可能。我们可以把《德伯家的苔丝》理解成英国版的,或者说资产阶级版的《白毛女》:克莱尔、德伯维尔、苔丝就是大春、黄世仁和喜儿。故事的脉络似乎只能是这样:喜儿爱恋着大春,但黄世仁却霸占了喜儿,大春出走(参军),喜儿变成了白毛女,黄世仁被杀,白毛女重新回到了喜儿。——后来的批评家们是这样概括《白毛女》的:旧社会使人变成鬼,新社会使鬼变成人。这个概括好,它不仅抓住了故事的全部,也使故事上升到了激动人心的"高度"。

多么激动人心啊,旧社会使人变成鬼,新社会使鬼变成人。我在芭蕾舞剧《白毛女》中看到了重新做人的喜儿,她绷直了双腿,在半空中一连劈了好几个叉,那是心花怒放的姿态,感人至深。然后呢?然后当然是"剧终"。

但是,"高度"是多么令人遗憾,有一个"八卦"的、婆婆妈妈的,却又是必然的问题《白毛女》轻而易举地回避了:喜儿和大春最后怎么了?他们到底好了没有?喜儿还能不能在大春的面前劈叉?大春面对喜儿劈叉的大腿,究竟会是一个什么样的男人?

新社会把鬼变成了人。是"人"就必然会有"人"的问题,这个问题不在"高处",不在天上,它在地上。关于"人"的问题,有的人会选择回避,有的人却选择面对。

《德伯家的苔丝》之所以不是英国版的、资产阶级版的《白毛女》,说白了,哈代选择了面对。哈代不肯把小说当作魔术:它没有让人变成鬼,也没有让鬼变成人,——它一上来就抓住了人的"问题",从头到尾。

人的什么问题?人的忠诚,人的罪恶,人的宽恕。

我要说,仅仅是人的忠诚、人的罪恶、人的宽恕依然是浅表的,人的忠诚、罪恶和宽恕如果不涉及生存的压力,它仅仅就是一个"高级"的问题,而不是一个"低级"的问题。对艺术家来说,只有"低级"的问题才是大问题,道理很简单,"高级"的问题是留给伟人的,伟人很少。"低级"的问题则属于我们"芸芸众生",它是普世的,我们每一个人都无法绕过去,这里头甚至也包括伟人。苔丝的压力是钱。和喜儿一样,和刘姥姥一样,和拉斯蒂尼一样,和德米特里一样。为了钱,苔丝要走亲戚,故事开始了,由此不可收拾。

苔丝在出场的时候其实就是《红楼梦》里的刘姥姥,这个美丽的、单纯的、"闷骚"的"刘姥姥"到荣国府"打秋风"去了。"打秋风"向来不容易。我现在就要说到《红楼梦》里去了,我认为我们的"红学家"对刘姥姥这个人的关注是不够的,我以为刘姥姥这个形象是《红楼梦》最成功的形象之一。"黄学家"可以忽视她,"绿学家"也可以忽视她,但是,"红学家"不应该。刘姥姥是一个智者,除了对"大秤砣"这样的高科技产品有所隔阂,她一直是一个明白人,所谓明白人,就是她了解一切人情世故。刘姥姥不只是一个明白人,她还是一个有尊严的人,——《红楼梦》里反反复复地写她老人家拽板儿衣服的"下摆",强调的正是她老人家的体面。就是这样一个明白人和体面人,为了把钱弄到手,她唯一能做的事情是什么?是糟践自己。她在太太小姐们(其实是一帮孩子)面前全力以赴地装疯卖傻,为了什么?为了让太太小姐们一乐。只有孩子们乐了,她的钱才能到手。因为有了"刘姥姥初进荣国府",我想说,曹雪芹这个破落的文人就比许许多多的"柿油党"拥有更加广博的人心。

刘姥姥的傻是装出来的,是演戏,苔丝的傻——我们在这里叫单纯——是真的。刘姥姥的装傻令人心酸;而苔丝的真傻则叫人心疼。现在的问题是,这个真傻的、年轻版的刘姥姥"失贞"了。对比一下苔丝和喜儿的"失贞",我们立即可以得出这样的判断:喜儿的"失贞"是阶级问题,作者要说的重点不是喜儿,而是黄世仁,也就是黄世仁的"坏";苔丝的"失贞"却是一个个人的问题,作者要考察的是苔丝的命运。这个命运我们可以用苔丝的一句话来做总结:"我原谅了你,你(克莱尔,也失贞了)为什么就不能原谅我?"

是啊,都是"人",都是上帝的"孩子","我"原谅了"你","你"为什么就不能原谅"我"?问题究竟出在哪里?上帝那里,还是性别那里?性格那里,还是心地那里?在哪里呢?

二〇〇八年五月十日,我完成了《推拿》。三天之后,也就是五月十二日,汶川地震。因为地震,《推拿》的出版必须推迟,七月,我用了十多天的时间做了《推拿》的三稿。七月下旬,我拿起了《德伯家的苔丝》,天天读。即使在北京奥运会的日子里,我也没有放下它。我认准了我是第一次读它,我没有看刘翔先生跨栏,小说里的每一个字我都不肯放过。谢天谢地,我觉得我能够理解哈代了。在无数的深夜,我只有眼睛睁不开了才会放下《德伯家的苔丝》。我迷上了它。我迷上了苔丝,迷上了德伯维尔,迷上了克莱尔。

事实上,克莱尔最终"宽恕"了苔丝。他为什么要"宽恕"苔丝,老实说,哈代在这里让我失望。哈代让克莱尔说了这样的一句话:"这几年我吃了许多苦。"这能说明什么呢?"吃苦"可以使人宽容么?这是书生气的。如果说,《德伯家的苔丝》有什么软肋的话,这里就是了吧。如果是我来写,我怎么办?老实说,我不知道。我的直觉是，克莱尔在"吃苦"的同时还会"做些"什么。他的内心不只是出了"物理"上的转换，而是有了"化学"上的反应。

——在现有的文本里，我一直觉得杀死德伯维尔的不是苔丝，而是苔丝背后的克莱尔。我希望看到的是，杀死德伯维尔的不是苔丝背后的克莱尔，直接就是苔丝！

我说过，《德伯家的苔丝》写了三件事，忠诚、罪恶与宽恕。请给我一次狂妄的机会，我想说，要表达这三样东西其实并不困难，真的不难。我可以打赌，一个普通的传教士或大学教授可以把这几个问题谈得比哈代还要好。但是，小说家终究不是可有可无的，他的困难在于，小说家必须把传教士的每一句话还原成"一个又一个日子"，足以让每一个读者去"过"——设身处地，或推己及人。这才是艺术的分内事，或者说，义务，或者干脆就是责任。

在忠诚、罪恶和宽恕这几个问题面前，哈代的重点放在了宽恕上。这是一项知难而上的举动，这同时还是勇敢的举动和感人至深的举动。常识告诉我，无论是生活本身还是艺术上的展现，宽恕都是极其困难的。

我们可以做一个逆向的追寻：克莱尔的宽恕（虽然有遗憾）为什么那么感人？原因在于克莱尔不肯宽恕；克莱尔为什么不肯宽恕？原因在于克莱尔受到了太重的伤害；克莱尔为什么会受到太重的伤害？原因在于他对苔丝爱得太深；克莱尔为什么对苔丝爱得太深？原因在于苔丝太迷人。苔丝怎么个太迷人呢？问题到了这里就进入了死胡同,唯一的解释是:哈代的能力太出色,他"写得"太好。

如果你有足够的耐心,你从《德伯家的苔丝》的第十六章开始读起,一直读到第三十三章,差不多是《德伯家的苔丝》三分之一的篇幅。——这里所描绘的是英国中部的乡下,也就是奶场。就在这十七章里头,我们将看到哈代——作为一个伟大小说家——的全部秘密,这么说吧,在我阅读这个部分的过程中,我的书房里始终洋溢着干草、新鲜牛粪和新鲜牛奶的气味。哈代事无巨细,他耐着性子,一样一样地写,苔丝如何去挤奶,苔丝如何把她的面庞贴在奶牛的腹部,苔丝如何笨拙、如何怀春、如何闷骚、如何不知所措。如此这般,苔丝的形象伴随着她的劳动一点一点地建立起来了。

我想说的是,塑造人物其实是容易的,它有一个前提,你必须有能力写出与他(她)的身份相匹配的劳动。——为什么我们当下的小说人物有问题,空洞,不可信,说到底,不是作家不会写人,而是作家写不了人物的劳动。不能描写驾驶你就写不好司机;不能描写潜规则你就写不好导演,不能描写嫖娼你就写不好足球运动员,就这样。

哈代能写好奶场,哈代能写好奶牛,哈代能写好挤奶,哈代能写好做奶酪。谁在奶场?谁和奶牛在一起?谁在挤奶?谁在做奶酪?苔丝。这一来,闪闪发光的还能是谁呢?只能是苔丝。苔丝是一个动词,一个"及物动词",而不是一个"不及物动词"。所有的秘诀就在这里。我见到了苔丝,我闻到了她馥郁的体气,我知道她的心,我爱上了她,"想"她。毕飞宇深深地爱上了苔丝,克莱尔为什么不?这就是小说的"逻辑"。

要厚重,要广博,要大气,要深邃,要有历史感,要见到文化底蕴,要思想,——你可以像一个三十岁的少妇那样不停地喊"要",但是,如果你的小说不能在生活的层面"自然而然"地推进过去,你只有用你的手指去自慰。

《德伯家的苔丝》之大是从小处来的。哈代要做的事情不是铆足了劲,不是把他的指头握成拳头,再托在下巴底下,目光凝视着四十五度的左前方,不是。哈代要做的事情仅仅是克制,按部就班。

必须承认,经历过现代主义的洗礼,我现在迷恋的是古典主义的那一套。现代主义在意的是"有意味的形式",古典主义讲究的则是"可以感知的形式"。

二〇〇八年十二月二十四日,平安夜,这个物质癫狂的时刻,我已经有了足够的"意味",我多么在意"可以感知的形式"。窗外没有大雪,可我渴望得到一只红袜子,红袜子里头有我渴望的东西:一双鞋垫,——纯粹的、古典主义的手工品。它的一针一线都联动着劳动者的呼吸,我能看见面料上的汗渍、泪痕、牙齿印以及风干了的唾沫星。(如果)我得到了它,我一定心满意足;我会在心底喟叹:古典主义实在是货真价实。

2008 年 8 月于南京龙江

增订版后记

2017年2月,人民文学出版社出版了我的《小说课》。谁能想到呢,这样的一本小册子居然取得了相当可喜的成绩。当然了,我很明白的,《小说课》能取得这样的成绩完全不是因为我有什么特殊的能力,说白了,还是我所谈论的那些小说写得好。经典就是经典,它们永垂不朽。

可当时这本书也有遗憾。最大的遗憾是没有收录《沿着圆圈的内侧,从胜利走向胜利》。这是一篇关于《阿Q正传》的讲稿。在《小说课》出版之前,我已经在南京大学讲过了,理论上说,我应该把它收进《小说课》才对。但是,那时候我已经把讲稿给了《文学评论》,他们说,在《文学评论》出刊之前,任何书籍都不得收录。我不能坏了《文学评论》的规矩,最终只能放弃。本书的责编赵萍女士却记得这件事,利用这次修订的机会,她就收进来了。

这个版本还增加了一篇,那就是《李商隐的太阳,李商隐的雨》,所谈论的是诗歌,和小说无关了。——我哪里来的勇气去

增订版后记

讲李商隐的呢?事出有因。事情是这样的,就在《小说课》初版的那阵子,清华大学正好约我去一次,当然是讲小说了。可谁能想到呢,那个春天有一档文学节目,叫《中国诗词大会》,这个团结的和胜利的大会强势空前,差不多把整个中国都弄成了诗歌的会场。赵萍女士显然被感染了,她完全不顾我的死活,反反复复地叮嘱我:讲诗歌吧!从诗歌角度切入。我呢,耳朵软。就这么的,我居然在清华园讲了一次李商隐。实话实说吧,一想起这事儿我的小腿就颤抖。是的,耳朵软有它的后遗症,最终的结果就是腿软。

当然,这个版本的《小说课》不只是增,也有删。删掉的那一篇是《反哺——虚构人物对小说作者的逆向塑造》。这是我的主意。《小说课》这本书其实是有来处的,那就是《钟山》杂志上的专栏。我记不得是哪一期了,总之,我的手上没存货了,刊物又催,怎么办呢?我只能临时写一篇创作谈,是关于我写《玉秀》的。我想了想,一、创作谈不涉及文本分析;二、它谈论的对象是我自己。这一想我就把它删了。

我要感谢人民文学出版社的工作人员,在这本书的增删之间,他们对《小说课》重新做了校订,我有理由相信,这个增订版会比原先的那一个版本更好。

衷心地感谢读者朋友对这本书的厚爱!

2019 年 8 月 29 日于南京龙江

Fiction
Reading